U0020150

又見寒煙壺

鄭宗弦 著

吳嘉鴻 圖

增訂新版

目錄

名家推薦

許建崑：

作者巧妙處理九二一大地震的素材，創造溫老師來關心災區孩子心靈復健；又利用後設技巧，讓故事進行的時空，拉遠到十年之後。書中涉獵品茗、茶道、話畫等多面知識，充分顯露作者嫻雅多情的人生觀，讓讀者分享了其中滋味。

張子樟：

預知未來的感人小品。茶道與繪畫的敘述十分細膩。主角秋香擺脫地震陰影、重拾生活信心的經過，情節合理動人。

楊小雲：

結構完整，主題鮮明。從一隻壺貫穿全文；一位蕙質蘭心的女老師，藉著壺和畫，撫平在地震中受創孩子的心，讀來溫馨感人。

品讀寒煙壺的意蘊（推薦序）

國立台北大學中文系助理教授　**楊奕成**

失去，是每個人生命中無可回避的經驗，也許是摯愛的親人、深邃的感情，或者是珍貴的紀念品。無論哪一種失去，都會令人黯然神傷——因為「人生自是有情癡」啊！「失去」也是少年小說書寫的主題之一。

然而，有人認為應該避免讓孩子閱讀沉重且憂傷的作品，才不致於讓他們在成長的過程中，烙印下悲觀的思想，對人性失望。對此，我頗認同作家曹文軒的看法，在《中學生文學精讀・前言》提及他說：「當我們在說憂傷時，並不是讓孩子絕望、頹廢，而是生活本來就不是容易的事情，這是成長必須經歷的陣痛。」

如此說來，宗弦老師《又見寒煙壺》絕對是「苦難閱讀」的經典作品，它啟發孩子學習如何面對失去，重建破碎的心靈。

除此，我們還可以從宗弦老師的創作理念，品讀這部作品的意蘊。

首先是愛的進行式。宗弦老師希望孩子從作品中學習「愛」，並且階段性的成長。且看溫玉梅老師在遭受失去雙親的打擊後，雖然過著寄人籬下的生活，但她卻不曾放棄自己，並且積極進取考上藝術學院，在畫畫中肯定自我的價值，這是她愛自己。接著，當她知道秋香也有一段跟她相似的不幸遭遇時，便給予她鼓勵、讚美，幫助她從繪畫中建立自信，這是她愛別人、助人的表現。

其次是學習的生命觀。宗弦老師認為生命的意義，是藉由我們的一生在人間學習、成長。至於什麼是自己該學習的課題呢？答案是：令你感到最痛苦的事。以秋香來說，失去摯愛的媽媽是她最痛苦的事，但經過溫老師以茶藝與繪畫的藝術治療之後，她學會走出傷痛，重建自信，擔任茶藝推廣師，散播芬芳。

另外，值得一提的是宗弦老師寫作的筆法及巧思，這是令我最讚佩的。

民初學者王國維《人間詞話》說：「有我之境，以我觀物，故物皆著我之色彩。」宗弦老師運用這樣的筆法，當他在描寫秋香的心境時，往往能與外在的景物結合，達到情景交融的效果，此其一。

宗弦老師以〈花開不對時〉的歌曲，來呼應秋香及溫玉梅老師情感中的創傷。孩子在閱讀這段情節時，不妨也跟著聆賞這首歌曲，如此更能融入她們的生命情調，進而學習同理他人的憂傷，此其二。

當秋香得知敬愛的溫老師已不在人間，她用寒煙壺泡了茶，然後倒杯茶傾倒在壺身，那「含淚的茶湯化為一縷縷淡煙，輕盈的向上游移，沒入天際……」這是把象徵淒美的寒煙壺轉化為告慰亡靈的香爐，秋香藉此遙祭也遙寄對溫老師無盡的思念，這種象徵物轉化的巧思，是前所未見，令人驚嘆的，此其三。

重讀這部作品，那只千瘡百孔的寒煙壺，不免令我思想起當年在那場地震中倖存下來的人。掩卷之際，祝福他們也像秋香一樣，能活出自己的芬芳，散發更多的光芒。

走出傷痛，慢慢偉大（新版自序）

回想西元一九九九年，原本不擅長寫小說的我，在榮獲「九歌現代少兒文學獎」的佳作和第三名之後大受鼓舞，開始計畫以富含台灣文化特色的「茶藝之美」為題材，來爭取第一名。

原本腦海中縈繞著玲瓏雅致的茶壺、蒸騰氤氳的水煙、喚人甦醒的茶香、入喉回甘的愉悅，種種追尋茶藝「健美」的構思，卻因後來遭逢九二一大地震，而三百六十度大翻轉，成了吟詠生死的「淒美」之作。

到處倒塌的大樓令人怵目驚心，兩千多人亡於震災，讓人心情無比沉重。寫作時我努力學習經營象徵物：那用泥土燒製而滿身傷痕的寒煙壺，暗喻著「悽慘」的破碎大地，而壺身上騰起的裊裊白煙表現出「迷茫之美」。並在文末將此象徵物轉化為「香爐」的意象，把淚水昇華為香香的煙霧，遙祭那些受難的亡魂。如此將小說提升到藝術的層次，藉以淡化痛苦。

可是這樣夠嗎？

災區出現許多失去親人的兒童，叫人擔憂憐惜。當年擔任國小菜鳥導師的我，班上也來了一位寄讀的小難民，我不知如何撫慰她受傷的心靈，感到無比遺憾和愧疚。社會因而瀰漫著一股深層的憂鬱和擔心：這些心靈受創的孩子們，有沒有辦法走出如此鉅大的傷痛，順利長大呢？

這個只有時間才能回答的問題，我無法得知答案，但是為了鼓舞重建士氣，我刻意讓故事發生在西元二〇〇九年，也就是大地震十年後，由一位二十歲的女生，去回顧她小時候刻骨銘心的災難經歷。

這個小女孩不但在十年後順利長大了，還成為一位四處散播茶葉芳香的茶藝推廣員。我想用她向大家證明，在愛心的扶助下，小小災民不但能脫離傷痛，還能己立立人，己達達人，學得奉獻和付出。當然，這是因為她遇到了貴人，帶領她走出傷痛，迎向新生，而這一切都由這個會冒煙的寒煙壺穿針引線，在茶香的氛圍之下，鉤聯出親情、愛情和師生之情。

在茶香悠悠的朦朧水煙中，淚水變得模糊了，心中可以暫時忘了自己在哭泣吧！這是我在面臨大悲之下，所能想到的，奉獻給社會的棉薄己力。

這一本書跳脫現實時空，有別於其他書寫災區實況的參賽作品，得到了第二名的佳績；並且確切的提供讀者們信心和勇氣，讓他們懷抱希望，踏上艱難的重建之路。這些事實也讓我得到了寬慰和療癒。

時間過得很快，如今這本書再版，已經是二〇二一年，距離大地震過後的十年，又多了十二年。當年十歲的小災民現在都三十多歲了，成為社會的棟梁，不知他們又是怎麼走過來的呢？

回想這一路的辛酸，讓我們體悟到只要有愛，就有希望。

傷痛雖然讓人喪志，但只要肯正面看待，傷痛也是成長的課題。當我們面對它，互助關懷，給予祝福，總能漸漸走出悲情，重拾歡笑。

而在這些過程中，我們也慢慢的偉大了。

鄭宗弦

二〇二一年十月十一日寫於台中

活出自己的芬芳（初版自序）

「一碗喉吻潤，兩碗破孤悶，三碗搜枯腸，唯有文字五千卷，四碗發輕汗，平生不平事，盡向毛孔散，五碗肌骨清，六碗通仙靈，七碗吃不得，唯覺兩腋習習清風生。」相信愛茶的人多少都能體會〈盧仝七碗茶〉詩中所謂「兩腋習習清風生」那種飄然欲仙的境界。

閒來無事，泡一壺茶，怡然自得；忙碌時，喝一碗茶，精力充沛；激昂喝幾口，逸興遄飛；孤悶時品幾杯，煩惱盡消……

飲茶，曾經是我每日不可或缺的休閒活動，和其他我所鍾情的民俗技藝一樣，也一直想以它為題，好好的發揮成一篇相關的文章。沒想到，發生了一場天崩地裂的大地震，這個夢想竟然提早實現了，只是原本用來提神醒腦的湯水，在小說中卻發揮了另一種功效，成了撫慰心靈，療傷止痛的甘露泉。

大地震著實震撼人心，各地的災情蜂湧傳出，相關的心理輔導文章也如雨後春筍，媒體上充斥著許多鼓舞士氣，激勵人心的巨大標語，的確帶給受驚的民眾無限的安慰和希望。然而，日子一天一天過去，重建的方向千頭萬緒，難解的問題一一浮現，活著的人必須具備非常的智慧和勇氣……

災民中最受人矚目的莫過於兒童，因為他們人格尚未成形，幼小心靈還來不及承受沉重的生離死別，他們常分不清現實與夢境，缺乏自我逃離傷悲的能力。不幸的是，災難毫無選擇性的也降臨在他們身上。

如果這個時候，有了解兒童心理的人，適時引領他們宣洩情緒，啟迪生死無常的道理，給他們安慰扶助和勇氣，他們或許因此提早成熟，卻不會因此放棄人生。我相信那一陣子，全國各地每一位國中小學的老師都多麼希望自己擁有超級的輔導能力。那時，教育單位印發了許多的輔導小冊子，教導大家如何幫助受到震災的人，我想許多人因此受惠不少。

九二一大地震之後兩個禮拜，一位來自埔里災區又瘦又小的女孩子，閃爍著惶恐和羞怯的眼神，出現在我的教室門口，她是班上另一位女同學的表妹，由於房屋在地震中全倒，寄讀到我們學校來。

平靜的日子突然多了一條不安的魂魄，班上起了不小的變化，她的成績還不錯，卻常缺交功課，作體操時一動也不動，問她話，沉默是她一貫的回答。起初，由於同情，我不免額外予以寬容，然而久了之後，全班漸漸因此對她冷漠疏遠，甚至她的表姐受到連累，朋友一個一個少了，而把錯全怪罪到她頭上。

看著她越來越封閉，我翻閱一本又一本的震災心理輔導手冊，仍然不知如何挽回頹勢。我多麼希望能有更多的時間和機會了解她，多麼希望擁有高超的輔導技巧，能夠進入她的內心世界，進而幫助她，然而，我似乎搞砸了。我仍然必須照著進度上課，沒有太多時間分到她的身上，我不時游移在寬容和公平之間，難以掌握適當的處罰方式，我的教學經驗只不過一年，輔導技巧又生疏匱乏，一切來得那麼突然，叫人措手不及，以至於最後一天，她懷著委屈，含著淚水，離開這個不愉快的暫時收容所。

除了那驚天動地的三十秒，嚇得我魂飛魄散之外，再一次，我被地震擊倒了。現實生活中，我幫不上她的忙，心情低落了好久，但幸好，藉著書寫這一篇故事，我得到救贖。

創作這篇小說時，小女孩仍在我的班上，每有一點進度，我就分享給全班同學聽，由於與事實有許多相似之處，因而得到同學的喜愛和關注，當時也留了她在埔里的地址，以便書成之後能夠寄一本給她，而今這個願望可以實現了。

我曾經無奈擁有的歉意，已在書中道盡，而可憐的小女孩，也希望她能像書中主角一樣，活出自己的芬芳。

願這本書為人間的苦難和人性的光輝留下見證。

至於飲茶，不知從去年的何月何日開始，我竟然體質起了變化，開始對茶葉過敏，只要喝下一口茶，哪怕是最溫和的熟茶，都會使我心悸頭疼，痛苦萬分，對於一個曾是嗜茶成性的人而言，那是多麼不堪的一件事。為此，我難過了好一陣子，偶而聞到別人泡茶的香味，難免淚往肚吞；收藏的十幾只茶壺，一一送人時，也像是分配遺產般哀哀戚戚。

不過，九二一之後，我便豁然釋懷了。因為和失去生命、失去摯愛的親人相比，失去生活中一點點的享樂，又算得了什麼呢？

鄭宗弦 二〇〇〇年十月三十日寫於台中

1 又見寒煙壺

春寒料峭的正月天，雪白的野梅花滿山怒放，像是爆開的煙火，美豔動人。越過山頭，湖光山色悄然呈現眼前，遠處的山巒是薄脆透光的翡翠，湖面上瀰漫著一抹白紗般的輕霧，我沿著環湖公路行駛，彷彿置身仙境。

日月潭的美享譽國際，可惜我無心欣賞美景，只想早一些抵達目的地。

趁著春節假期，我們鹿谷鄉農會舉辦了「二〇一〇年全國茶藝博覽會」，好不容易挨到昨天的閉幕式，總算圓滿成功，本來可以趁此輕鬆一下，可是我意外發現了老師的東西，無論如何得要請假來問看看。

車子滑上小山坡，「茶業改良場魚池分場」幾個大字映入眼簾。

跳下車，我直接往場長室走去。

「江場長好，抱歉，打攪您了。」敲了門之後，我跨進辦公室。

「呀——林秋香，林小姐，歡迎，歡迎，等妳很久了。」場長起身，朝沙發走過來，帶著滿臉笑意。

「不好意思，您在忙。」看辦公桌上堆著一疊公文，我心中滿是歉意。

「不忙，不忙，請坐。」場長拿出茶几底下的茶葉罐。「嘿！你們真是不簡單，光是一個地方農會，能辦成全國性的博覽會，想必個個都是三頭六臂的人物，哈！哈！陳總幹事真是好福氣，有你們這一群好幫手。」

「哪裡，博覽會能這麼成功，都是大家的功勞，要不是場長幫忙，我們一時之間也找不到那麼多外地的茶農來比賽製茶，還有您支持參展的茶壺，為壺藝展覽增色不少，昨天我請假時，總幹事還特地要我代他向您道謝呢！」

「喔，陳總幹事太客氣了，這種推廣活動，我們茶改場鼓勵都來不及了。」場長拿蓋杯為我沖了一杯茶，又說：「林小姐請用茶，隨便泡的，跟妳的茶藝不能比，不要見笑。」

「場長，您才客氣呢。」我接過杯子，一股清香撲鼻而來，茶湯顏色猶如琥珀，我隨口說：「去年的春茶？包種？」

「唉呀！不愧是全國茶藝技師，都還沒入口呢，妳就聞出來了，你們推廣股有妳這麼一位年輕又有才藝的家政班長，難怪總幹事有空帶我們去吃吃喝喝了，哈！哈！」

「場長，您又過獎了。」我感覺臉頰溫熱熱的，輕輕的低下頭來。

金色的陽光灑在我的紅背包上，我恍然想起此行的目的。

「喲！差點忘了您的東西。」我打開背包，取出紙盒子。「您的茶壺，我給您送回來了。」

「咦！名家壺藝展覽，不是你們推廣股的四健會執行的嗎？怎麼派妳，家政班班長送回來呢？妳負責產品展售會，不是就已經忙得團團轉了嗎？」

「是啊！其實，是我搶著幫忙送的，我……其實，是特地來拜訪您的……」

「哦——妳昨天在電話中沒說！」場長揚起了雙眉。

「我是想，當面說的好。」我收起下巴，望著場長的眼睛說。

「哦？打破了嗎？」場長急急打開盒蓋，取出茶壺，眉頭皺了起來。

「不！不！不！不是的。」我搖搖手，趕緊解釋。「您誤會了，沒破，一點兒也沒破。」

他捧起茶壺，前後左右，上下裡外的端詳了一陣子，終於放心的恢復了笑容，說：「還好，還好，沒破就好，其他的都好說。」

「場長，請問您，這只壺是您向陶藝家買的呢？還是其他的收藏家？」

「哦！我是向陶藝家買的，水里的一位陶藝家，他在十多年前創新了這種技術，還特地申請了專利。」

「那麼，他是量產嗎？通通叫做『寒煙壺』？」

「當然不是啦！既然稱為陶藝家，當然希望每一件作品都是獨一無二、絕無僅有的，不過這一系列的壺倒是還有幾只，其他造型的好像叫做冰煙壺、霜煙壺……晶煙壺……還有雲煙壺……」

「咦！奇怪，那怎麼會有兩只相同的壺？」

「怎麼？林小姐喜歡的話，我可以介紹妳去買呀。」

「不，我是想……能不能請您……割愛，把這只壺……賣給我？」我鼓起勇氣提出請求。

「什麼？妳想要我的『寒煙壺』，怎麼行呢？」他收起胳臂，瞪大眼睛，將壺拉近胸前。

「對不起，場長，我知道收藏家總是把藏品當成自己的兒女一般的看待，我也知道這麼說是很冒昧的，可是……」

我還未說完，他就插進話來：「我的『寒煙壺』是不賣的，妳喜歡這種會冒煙的茶壺，我可以介紹妳去水里買，雖然產量不多，但是，還是買得到的。」

「場長，不好意思，我只想要這一只壺。」

「林小姐，這麼說真是讓我為難，我擁有的茶壺雖然不少，但是，最喜歡的就只有這一只了。妳如果要收藏名壺，還有其他更漂亮的茶壺，這一只，算不上頂級的。」

「我會好好的養它。」我心一急，脫口而出。「像您對待它一樣。」

他皺著眉頭，抬起下巴，說：「壺藝展覽會場有那麼多名家的作品，為什麼偏偏愛上我這一只呢？」

「這個……」

「黃小姐，進來一下。」大概引發了江場長的興趣，他喚祕書小姐進門說：「有人找我的話，說我正在忙，請他晚一點再來。」

祕書小姐走了之後，我深吸一口氣，緩緩的說：「昨天閉幕式之後，我為了接下來的外縣市促銷會，到會場外面打電話……」

「有！走出南投，到各縣市建立行銷網，重振『凍頂烏龍茶鄉』的雄風。我記得陳總幹事跟我提過。」

「是，回頭時，我順便繞進壺藝展覽區逛逛。」

「妳收藏很多茶壺囉？」場長眼睛一亮。

「沒有，只有一只『香妃壺』，為了茶藝教學，用名壺體面些，其實平常時候還是用一般的量產壺。」

「嘖！『香妃壺』，我在網路上看過介紹，好像是宜興紫砂，肚大嘴小、精工、薄胎、十分發茶，不便宜吧？一只得要六位數字喔。」

「嗳！是啊，附庸風雅，您見笑了，我是想『香妃壺』和我的名字『秋香』相似，忍痛花了兩個月的薪水呢！」

「這麼說來，妳並不像別的收藏家那樣狂熱囉？」

「場長，我不是收藏家。」

「那怎麼會看上我的『寒煙壺』呢？」

「是啊，我一眼就看到它，覺得十分熟悉，想來想去才想起來，是溫老師的『寒煙壺』。」我歪著頭，回想昨天的情景。

「溫老師！哪一位溫老師？」場長的口氣顯得有些驚訝。

「是我小時候的一位美術老師，叫做溫玉梅，她曾經用它為我泡茶，說『寒煙壺』是她最寶貴的東西。」

「啊——」他驚呼一聲。「她，真的這麼說嗎？」

「哦！場長也認識溫老師嗎？」我也很意外。

「是啊……唉……」場長長嘆了一聲。

他取下眼鏡，眨了眨眼睛，癱上椅背，有氣無力的說：「……她旅居法國之後，我們偶爾還有聯繫，直到三年前斷了音訊，誰知道去年聽別人說，她生了一場重病，已經去世了。唉！去世了……」

「呀！去世了嗎？」

忽然，我腦筋內一片空白。

「林小姐，這只茶壺就是她交給我的。」場長把茶壺推到我面前。

回過神來，我又說：「嗯？您剛剛不是說，是向壺藝家買的嗎？」

「是，也是……」

他愣了一會兒，抿著唇說：「林小姐，我很想聽聽妳和她的事，能不能……請妳……多說一些？」

「場長……」

「我來另外泡一壺茶。」

江場長拿出整套茶具，開始溫壺。他將「寒煙壺」置於茶船中，打開壺蓋，注入開水，蓋上蓋子後，又在壺身上均勻的淋上滾水。剎時，一陣一陣的白色蒸汽，像是雲霧似的盤旋而起，瀰漫在我倆之間，場長的臉變得迷迷濛濛的，好久好久都看不清楚……

2 最後的晚餐

迷霧中，我彷彿又看見了死去的媽媽，正笑瞇瞇的捲起衣領，幫我套上藍色的毛衣——

十年前的那一天晚上，全家用晚餐時，媽媽對爸爸說：「嘿！你沒去家長座談會，不知道秋香的新導師好年輕喔！」

「不只年輕喔，我們老師還是全六年級最有學問的老師，他知道在哪邊可以看到千禧年的第一道陽光呢！」我說。

「那有什麼稀奇，爸爸也知道哇！新聞報導都有說了。」爸爸做了一個怪表情。

我吃完一碗飯，遞上空碗說：「還要！」

爸爸笑著說：「哈！哈！我們的秋香真會吃，一點兒也不像秀氣的小姑娘。」

「哼！」我一聽，噘起小嘴。

「笑什麼笑，秋香正在發育，個兒都比我高了，需要營養。」媽媽遞上白飯，瞪了爸爸一眼，又夾起一隻雞腿說：「來，我們不要理他，吃！」

「喲！不理我，不理我的話，誰帶妳去看千禧年的第一道曙光？」

「真的嗎？我要去。」我放下筷子，大叫。

「對呀！只剩一百天了，想一想哪邊比較好。」媽媽說。

「宜蘭東北角、屏東墾丁、台東太麻里，隨便妳挑。」

媽媽皺皺眉頭說：「都離鹿谷那麼遠，來回至少要兩天，茶園怎麼辦？」

「請製茶場的人來幫忙顧一下就好了。」爸爸轉對我說：「其實我早就想好了，帶全家到台東去玩。太麻里的金針山聽說很漂亮，看完日出，我還打算去鹿野，看看人家的『福鹿茶』是怎麼種的。」

「還可以去知本泡溫泉。」媽媽興奮的說。

爸爸又說：「嗯！秋香元旦有兩天假，如果來不及趕回來，就再請兩天假好了。」

「萬歲！」我抱住媽媽，大聲歡呼。

晚飯後，我在客廳看電視，爸爸和媽媽在廚房裡洗碗。

「呼——呼——呼——」

忽然，外頭颳起一陣一陣的強風，吹得窗戶「喀——喀——」亂響。

媽媽跑進客廳，拉上鋁門窗，又跑進房裡。過了一會兒，她拿出一件深藍色的毛衣，嘀咕說：「奇怪！才九月天，怎麼就吹起北風來了，忽冷忽熱的，難怪人家說『秋老虎』。」

「來，穿上。」她捲起領口，往我頭上套。

「不要，這不是我的衣服，好醜。」

「妳的毛衣都太小了。」她笑盈盈的說：「先穿上媽媽的，過兩天冬衣出來了，再幫妳買一件漂亮一點的，誰叫妳長得那麼快。」

我不情願的穿上媽媽的毛衣。

「穿著睡覺，不准脫。」臨走入廚房前，她又轉身叮嚀。

睡覺前，我乖乖聽話，還蓋上媽媽送來的一件薄被子。

躺在床上，我幻想著全家到台東遊玩的情景，窗外的冷風雖然不肯停歇，我卻一點兒寒意也沒有，擁著暖暖的棉被，望著太平洋第一道曙光緩緩的從海平面射出，穿入雲端，散發出七色的光暈，爸爸、媽媽和我都目瞪口呆，欣喜極了……

不知是誰搖著我，睜開眼睛，發現黑暗中，我的身體竟然不自覺的上下左右，不停的劇烈搖晃著。

「啊！」我慘叫一聲，扶著床邊爬起，忽然有一股強力拉住我往牆上甩，隨後又往床上推，我縮起身體，不知又被拉向何處。

「哇！爸——媽——嗚——嗚——」我感到後腦遭到猛烈的撞擊，倒在地上大哭，全身因為恐懼而顫抖。

「砰！」「砰！」「鏘——」「鏘——」到處傳來東西掉落的撞擊聲。

「秋香！」「秋香！」「地震了！快跑！」我聽到爸媽驚慌的叫聲。

「秋香！快到外面去！」爸爸的聲音又在耳朵響起，一隻溫熱的手抱住我。

「碰——」一道黑影在我面前晃過，隨後我看見牆壁裂出一個大缺口，屋外的樹影赫然出現在眼前。

「碰——」「碰——」「碰——」

「啊——」忽然響起一聲淒厲的尖叫。

我聽出那是媽媽的叫聲。

「媽——」

爸爸抱著我從牆壁的缺口跳出去，滾落在水泥地上。

震動停止了。

空氣裡聽不到蟲鳴，只有此起彼落的哀嚎聲。

「快！媽媽在裡面，趕快救她！」爸爸爬起來，拉著我往回走。

我一回頭，愣住了，晦暗的星光中，我的家，已經夷成一片廢墟。

「月琴！月琴！妳在哪裡？」爸爸大聲呼喚媽媽的名字。

「媽！媽！」我也使勁的吼叫。

「……秋……香……這……裡……」是媽媽微弱的聲音。

「這邊！這邊！快！快！」

爸爸踩進水泥堆中，蹲在聲音的出處，空著雙手向下挖。

「月琴，有沒有怎樣？月琴，出聲啊……」

我衝到爸爸的身邊，幫忙撥開東西。

「媽！妳在哪裡，媽——」我痛哭起來。

「……秋………」

「出聲啊！月琴——出聲啊！出聲啊！出聲啊——」

爸爸吼著野獸一般的怪調，淚水被風一吹，滴落在我的手背上，一陣冰涼襲上心頭。

「媽！妳出聲啊……」

「…………」

「呼……不行，不行，快出來，不管……還要一起去……千禧年的陽光……」爸爸像發了瘋似的，喃喃自語的抖出怪聲，雙手仍不停的扒了又扒。

我也死命的往下挖，不顧鋼筋和水泥塊有多重多硬，不顧指尖傳來的陣陣疼痛。

可是不管我們怎麼呼喊，怎麼哭泣，怎麼扒出滿手的鮮血，媽媽的聲音卻變得越來越弱，越來越弱……

3 流落到異鄉

「……短短三十秒鐘，大地震就摧毀了我的家園，震垮了我的學校，奪走了我的母親。我的爸爸沒辦法，只好請梅山的姑姑收留我，我在那兒認識溫老師的……」我說。

「林小姐，喘口氣吧。」場長一手為我斟上新泡好的茶，另一手送來一張面紙。

看見面紙，我才發覺雙頰已經濕了。

「呵！不好意思。」我勉強一笑，拭去淚水。

聞香杯裡的茶湯，經我輕輕一倒，傾入飲茶杯中，那琥珀般的色彩比蓋杯中的湯色更為光豔動人，茶香凝集在高瘦的聞香杯中，挨近鼻子，隱形的花、果香，依著次序一段一段的分餾出來，溶入嗅神經中，混入思緒，叫人百感交集。

為了讓場長瞭解「寒煙壺」對我的重要，我不得不重提往事。

那段傷心、懼怕、昏沉、迷茫的日子，是我從來不樂意回顧的片段，然而，每次午夜夢迴時，它卻又是那麼的深刻清晰，歷歷在目——

連續好幾天，都發生規模不小的餘震，村子裡原本半倒的房子也一一倒盡了。每次餘震來臨時，我的心就跟著狂亂震動，好幾次都快嘔出來了，想逃，也無處可逃，我退化成了小嬰兒，一個失去褓姆的小嬰兒，不會說，不會爬，流盡了淚，唯一能做的，只有乾嚎。

「……都是爸爸不好，爸爸該死，救不出媽媽……學校也垮了，每天睡帳棚，對小孩子是不好的，山上露氣重，天變得快，爸爸不能再失去妳……」爸爸抱著我哽咽。

他牽著我，東顛西倒的步行在坍塌而崎嶇的山路上，到處可見倒樹落石，和衣衫襤褸遊魂似的災民，連續幾天來的餘震，山水之美著稱的家園，已經面目全非。

我抱著從水泥堆中搶救出來，唯一屬於我的東西——我的紅書包，穿著媽媽的藍毛衣，在簡單料理完媽媽的喪事之後，隨爸爸往外走。

藉由手機聯繫，兩個小時後，爸爸在省道上找到依約前來的姑丈。姑丈站在打開的車門邊，紅著眼眶，怔怔的望著爸爸。

爸爸推我上車，別過頭去，說：「乖乖聽姑姑和姑丈的話，等這邊都恢復了，再接妳回來。」

「不要！不要！不要——」我不肯，抱緊他的腰，放肆大叫。

「秋香，乖……」姑丈也過來說。「妳留在這兒，吃、喝、住、睡都不方便，爸爸要處理很多事情，留妳一個人在帳棚，那是更危險。」

我噙著淚，依依不捨的上了車，姑丈的油門一踩，我趴在玻璃窗上，看著爸爸的身影離我越來越遠，我想哭，卻已經哭不出聲，哭不出聲了。

十二歲時，我離開了我的家鄉——鹿谷鄉秀峰村。

抵達嘉義縣梅山鄉時，已經傍晚了，姑姑站在門外，一見我下車，就蹲下來摟著我，吸著鼻涕說：「喲！可憐喔……，姑姑疼，姑姑捨不得……」

走進姑姑家，滿眼所見都是大大小小的茶葉桶，和真空鋁箔包裝的小包裝茶，店面的電視螢光幕正在播放卡通，一顆青灰色的小平頭，架在藤椅背上，遮住了半個畫面。

「曉良，表姐來了。」姑丈喚他。

「哦！秋香。」他轉過頭來，叫了一聲，馬上又回到螢幕上。

「喝！沒大沒小。」姑丈沒好氣的說完，轉對姑姑說：「晚飯弄好了吧！吃過飯，帶秋香上街買一些衣服，妳看看，只剩這個書包，剩下的都埋在下面，唉……。」

姑丈說完就上樓去了，姑姑扶著我的肩膀，進入飯廳。

姑姑家好大，有大店面，有大客廳，有大廚房，還有大飯廳，樓上還有三樓，有好多大房間，我小時候第一次來玩時，就感到十分新奇。

曾經聽爸爸說過，梅山茶區成立已經二十年了，姑姑家是當地的大茶行。爸爸和姑姑有生意往來，但是放心不下家裡，總是匆匆來回，我雖然來過姑姑家好幾次，卻都是趁著爸爸送茶葉的時候，跟著來玩的。

這時，身邊少了爸爸，我感到徬徨無助，不知該如何才好。

「是不是累了？都不說話。」姑姑看我低頭細細嚼飯，夾來一些菜，又說：「書包放下嘛！哪有人吃飯還背著書包的。」

我搖搖頭。

「來！放下來。」姑姑輕輕壓住我的肩膀，卸下書包帶。

我不敢掙扎，只好任她將書包擺在旁邊的椅子上。

「來，我幫妳裝一碗香菇雞湯。」

趁她走到瓦斯爐前，我偷偷的將那把椅子拉近我的身邊，椅腳摩擦地板，發出「格——格——」的聲音。

「表姐帶什麼禮物來給表弟呢？」身邊突然傳來一聲喊叫。

曉良不知什麼時候冒出來，嚇了我一跳。

他才說完話就一把搶過書包，坐在樓梯上，往裡頭搜。

我放下碗筷，衝過去。他卻搖著寬厚的腰背遮住我，一邊掏出書本，一邊說：「喲！國語是南一的，跟我們不一樣；數學是康軒的，也跟我們不一樣。禮物在哪裡呢……」

「還我！還我……」我使盡力氣，摸不到我的書包，急得快哭了。

「曉良！放下！」姑姑跑過來大喝一聲。「你這個孩子，實在太皮了，跟你說過幾次了，舅舅家被地震震垮了，很可憐，你不同情秋香，竟然還欺負人家。」

聽到「可憐」和「同情」，我心神晃動，彷彿經歷另一場大地震。

「什麼事啊！吵得我不能睡覺。」驚動了姑丈，他也下樓來察看。

「沒有哇！我只是想看……」曉良先出聲為自己找理由。

「你兒子欺負人家，搶人家的書包。」姑姑告狀。

「都死了兩千多人了，你還有心情捉弄別人，看我不好好修理你。」

姑丈取來藤條，一張開臂，就往曉良的屁股掃去。

「哇！嗚……哇……」他皺著苦瓜臉，嚎了幾聲。

「好了，好了，打了就好了。」姑姑拉住姑丈，搶走藤條，回頭朝曉良大叫：「還不快上樓去寫功課，去！」

「秋香，曉良要是再欺負妳，妳儘管來告訴我，不要怕。」姑丈說。

曉良乖乖的爬上樓，到了轉彎處卻又回過頭來，狠狠的瞪了我一眼。

我緊抱著我的紅書包喘氣，一顆心噗通噗通亂跳。

夜裡，姑姑為我換上新買的衣褲，送我到一個大房間，說：「秋香，聽到妳要來住，我特地換了新床單和新被單，妳看看。」

燈光一打開，滿眼都是打著粉紅色蝴蝶結，沒有嘴巴的凱蒂貓，張著大眼睛，無辜地望著我。

「喜不喜歡？還有這一隻凱蒂娃娃，麥當勞的喔！很多人排隊都買不到呢！」

我點點頭，順手抱過來。

「好了，早點睡吧，明天還要上學呢！」姑姑說完，轉身離開了。

我躺在床上，不敢關燈睡覺，我好怕。

我怕地震隨時會來，我怕看不見任何東西，我怕曉良再欺負我，怕再也看不到爸爸……我怕……怕姑姑說我可憐……

「舅舅家被地震震垮了，很可憐，你不同情秋香，竟然還欺負人家……」

姑姑的話一次又一次的在我腦中響起。是的，沒有媽媽，沒有家，我是一個孤苦無依的小女孩；可是，曉良，難道就因為這樣，我活該受你捉弄嗎？我跟你無冤無仇哇！你有幸福富裕的家庭，難道就不能體會一下別人的痛苦嗎？我並不希望來這裡呀！不稀罕你們家的大房間，嗚……不！我不可憐，我不該哭的，那只會使我看起來更軟弱，更好欺負，我不該哭的……

日光燈下，滿屋子的凱蒂貓瞪大眼睛，陪我發出無言的抗議，空間裡迴響著的只有時間「滴答——滴答——」的腳步聲，我翻來覆去，總是無法成眠，心中想著念著的，都是我的家、我的爸爸、我的媽媽……

……媽，您到哪裡去了呢？都是我不好，我沒有努力挖，把您害死了，為什麼老天爺不帶我一起去呢？媽……

翻開被子，我躡手躡腳的潛進一樓的浴室。換下來的衣褲還堆在籃子裡沒洗，我找出媽媽的藍毛衣，穿上它，感覺好像重新回到媽媽溫暖的懷抱。

擁著媽媽的毛衣，想像媽媽陪著我說說笑笑。好久好久，我那一條不安的魂魄才稍稍慢下驚惶的腳步，摸索到夢的方向。

4 奇怪的作業

姑姑安排我寄讀到曉良的班上，因為我雖然是曉良的表姐，卻只有大他三個多月，和他一樣都是六年級的學生。

我心裡不樂意，可是不敢說什麼。

姑姑帶我去找何老師時，何老師癟著嘴聽姑姑訴說我的遭遇，不時搖頭嘆息。

小小的教室裡已經擠下了四十四個人，同學們為我抬來新桌椅時，後面的走道顯得更為狹窄擁塞。我有一點透不過氣的感覺，因為在我的秀峰國小，從一年級讀到六年級，我們班上從來沒有超過十個人。

姑姑走了之後，老師叫我和曉良過去，說：「鍾曉良，班上有什麼要注意的，你要仔仔細細的對你表姐說明。有什麼不會的，林秋香，妳就多多問妳表弟，班上同學這麼多，你們這一些轉學的、寄讀的，來來去去，我可沒有時間一個一個從頭教。知道嗎？」

「哦！」曉良斜看我一眼，不情願的應了一聲。

何老師又說：「鍾曉良，林秋香的事由你負責，她有什麼做不好的，就是你沒認真教，我會找你問話。林秋香，妳比較高一點，就坐鍾曉良的後面好了。」

我深吸一口氣。

「妳還要買一本剪貼素描簿，這個很重要，除了假日的功課要剪貼報章雜誌之外，平常還要用來畫國語的圈詞。」她又說。

畫圈詞？我聽不懂。在我的秀峰國小，圈詞是要寫在國語作業簿裡的，一個圈詞練習寫四次，從沒聽過什麼「畫圈詞」。

「以前有沒有做過？」大概看我表情不對，她問。

我搖頭。

「呵！我想也是，我也不過是在開學時才想出來的，這可以訓練聯想力和畫圖能力呢！」她說。「鍾曉良畫得很棒，妳看看他的。」

回到座位後，曉良拿出剪貼素描簿，我打開第一頁，眼睛為之一亮。

一百分，好大好鮮紅的一個一百分。第二頁，也是一百分。

第二頁的題目是「海底世界」，標題下面畫著各色各樣的魚類，還有蝦子、螃蟹、海鰻、海馬、烏龜、鯊魚……等，十多種水中生物，每一隻都張著尖牙嘴，吐出幾個大泡泡，泡泡裡寫著課文裡圈出的語詞。

我用鉛筆頭輕敲曉良的肩膀，他回頭，得意的說：「幹嘛？」

「什麼是畫圈詞？」我低聲問。

「妳不會自己看喔！」

曉良不理我，隔壁的女生卻熱心的湊過來說：「這一課叫『海底世界』，所以老師要求畫海洋生物，再把圈詞寫在泡泡裡面，何老師很特別，叫我們畫圈詞，每一課有一個主題，好好玩喔！」

這幅畫不但畫得十分精細，而且顏色非常鮮豔亮麗，如果去掉那些練習用的國字，那真是完美的美勞作品哪！

記得以前到姑姑家，曉良不是出去玩，就是拿著彩色筆，埋頭畫畫，一點也不理會別人，曉良的房間，不正掛著好幾幅他的畫嗎？格鬥天王、神奇寶貝、金剛戰神、鯊魚戰士、暴龍……，以前爸爸帶我進去參觀過，姑姑還不好意思的說：「滿腦子都是暴力，唉！」

原來，曉良真有畫畫的天分。可是，我，我一向是不會畫畫的，美勞成績總是很低分，照著別人的圖來描，我都描不好了，何況是像這樣自己想像，自己構圖。

想到這兒，心情更不好了。

下課時，男生全都衝到操場打躲避球，只剩女生待在教室。幾個女生正點算著星座紙牌玩，那在我們秀峰國小也很流行，我鼓起勇氣挨過去看，她們卻馬上停下來，互相對看，顯得很不自在。

一個燙頭髮的女生放下牌子，站起來對我說：「喂！你們家鍾曉良，上課不是走動、講話，就是畫圖，下課愛打人，愛罵人，天天被同學告，要老師處罰，很討人厭耶！妳住在他家，他會不會欺負妳？」

我沒回話，低頭望著紙牌，鼻腔內卻湧出一陣酸，視線也跟著模糊了。

放學後，為了不和曉良一起走，我故意邊走邊踢石頭，放慢腳步。

還未到大門口，就聽見姑姑罵著：「好好的穿著鞋，怎麼會弄得襪子上都是紅土，又臭又髒，一定是你頑皮，脫下鞋子在操場亂跑……」

「哪有？是別人拿土丟我。」曉良大聲辯回去。

「拜託你，襪子本來就很難洗了，還弄成這樣，我要顧店、煮飯，已經很忙很累了，還要洗你的臭襪子，以後再這樣試試看，我叫你爸爸修理你，衣服襪子全給你自己洗。」

我躲在門外偷聽，下意識的動了動腳趾頭。

我的襪子是不是也臭了？衣服是不是也髒了？我會不會又給姑姑添麻煩呢？姑姑雖然罵的是曉良，可是，我卻覺得自己是共犯。

洗完澡時，我把換下的衣服襪子一起洗了，姑姑聽到了刷衣服的聲音，嚷著：「秋香啊！不用洗啦！姑姑幫妳洗就好。」

我回她說：「我洗，我在家也是自己洗的。」

我說了謊。其實，媽媽疼我，除了倒垃圾和掃地，我不必做其他的家事，洗衣服，這是第一次。

「曉良啊！你看人家秋香多乖，會自己洗衣服，哪像你只會看電視，只會吃，只會睡，只會玩。」姑姑又高聲嚷嚷。

想不到我走出浴室時，曉良竟然躲在門邊對我大喝一聲：「假仙！」隨即一溜煙跑走了。

我嚇得頭皮發麻，洗好的衣物一滑，全滾落地上，又弄髒了。姑姑回頭看見了，一邊蹲下來幫忙撿，一邊又罵：「這個壞孩子，這個壞孩子，真是要氣死我，氣死我了……」

也許是洗完衣服襪子，減輕了一些虧欠的感覺，我竟然不那麼在意曉良的惡作劇。吃完晚飯，姑姑帶我去文具店買了剪貼素描簿之後，我就關進房間做功課了。

那天的功課就有圈詞，是第三課的〈人往高處爬〉，老師要我們畫登高望遠，居高臨下，鳥瞰的畫面。唉！我完全不知該如何下筆。

我不會畫，因為我在鹿谷的家只有兩層樓，從樓頂看下去，東西差不多還是一樣大。我想起曾經和同學去過凍頂山上的梯田，由山上往下看，會是什麼樣的景象呢？

我咬著鉛筆桿，努力回想，卻如何也想不起來，凍頂山下似乎飄來陣陣的烏雲，遮住了太陽光，也遮住了視線，眼前一片灰暗迷濛，就連山腳下，原本可以清晰看見的我的家，也渺渺茫茫不知在何方……

5 一切都是我的錯

早晨醒來時，我是趴在書桌上的，剪貼素描簿裡一片空白。

看看天色還早，我用最快的速度，寫完規定的圈詞數，整理一下書包，匆匆下樓吃早點。

早自修時，何老師就收作業，隔壁同學好奇的翻開我的簿子，馬上大聲叫說：「老師！林秋香沒有畫圈詞。」

何老師走過來檢查，說：「怎麼只有寫圈詞，沒有畫圖呢？如果只有寫，乾脆寫在國語作業簿就好了，何必要妳花錢去買剪貼素描簿呢？」

看我沒有回話，她又說：「是不是不會畫？隨便塗鴉也比空白好吧？鍾曉良很會畫啊！沒教妳嗎？鍾曉良——」

「有！」曉良站起來。

「我說過了，你要教你表姐，你昨天沒有教她嗎？今天是第一次，就暫時原諒你們，下一次，兩個一起處罰，聽到沒有？」老師的口氣很兇。

「聽到了。」曉良一邊回應，一邊又瞟過來嫌惡的眼光。

我偏過頭去，假裝沒看見。

下午第二節課是體育，體育老師先帶大家跳健康操。

「一、二、三，三、二、一，一、二、三、四、五、六、七，我們是快樂的好兒童，身體好，精神好，愛清潔，有禮貌，人人見了都喜愛……」同學們整齊熟練的喊著口令，又跳又舞，而我卻傻在原地，動也不敢動。

為什麼又和我們秀峰國小不一樣呢？課間活動時，我們做的體操完全不是這樣的。

「喂！那個新來的女生，為什麼不跳？」體育老師發現我。

「老師，她很奇怪，都不講話喔！」有人說。

「她是鍾曉良的表姐。」又有人說。

「要你管！」曉良狠狠回了他一句。

「不會跳嗎？」體育老師走過來。

我看著他，搖搖頭。

「咦！你們學校不是跳新式健康操嗎？」他說。「不會沒關係，跟著做，到外面來，到外面看比較清楚。」

老師帶我到隊伍前面。然而，面對大家，我更不敢動了。

一個禮拜過去了，我仍然不會畫圈詞，不會跳健康操，老師問我為什麼不，我也都不敢回答，我和曉良因此被罰站了好幾節課。

不只曉良討厭我了，還有男生莫名其妙的跳過來，扮鬼臉唱著：

「林秋香啊！林秋香，一把大火燒光光。」

我再怎麼裝作沒聽見，也難以壓住心中那一股怨氣。

「你們再欺負人，我們要去告訴老師。」幾個女生看不過去，幫我罵回去。

「唉——唉——我們可沒亂講，你看看，林是兩根木頭，秋是一個禾加上一把火，香是一個禾底下一個大太陽，有個大太陽又有一把火，不是會把樹木和稻草都燒光光嗎？哈！哈！」

「啊！嘻！嘻！嘻！」就連幫我說話的幾個女生，也跟著取笑我了。

「豬——」我猛然站起，對所有的人大吼，然後狂奔進廁所。

躲在牆角，我感到一股強烈的威脅感。有人在罵我！有人在笑我！有人要害我！我的胸口像是被人刺了一把尖刀，好悶好痛，我不禁握起拳頭。

大家對我再壞，我都不能哭，我不哭，不哭……

忽然，眼前的景象好像被人潑了墨汁，黑色的光逐漸從四面八方侵蝕過來，緊接著，脖子後面又像是有千百斤重物壓著，力道朝下推擠，灌入全身，逼得我喘不過氣。恍惚之中，只見雙手和雙腳都不由自主的顫抖起來……

星期天姑丈不在家，午睡後，姑姑喚我和曉良下樓。

「來，幫忙揀茶梗，這一袋特級的高山茶，必須用人工來揀。」

姑姑倒出半袋茶葉在竹籠裡，掐起指尖細細挑揀。

「媽，我要出去玩啦！」曉良苦著一張臉說。

「每次叫你做一點事，你就想玩，也不想想，現在人工很貴，幫忙揀一揀，可以省很多錢哪！」

「那我只揀半籠，揀完我就不管了。」他嘟著嘴說。

「唉——我養你有什麼用喔？」

曉良拿來另一個竹籠，抓出一些茶葉撒進去，坐下來，背對我開始揀茶梗。

「秋香，像這種沒有連葉子的梗子，都要丟掉，還有……」

「姑姑，我揀過，我知道。」

「啊！對了，對了，我忘了，鹿谷是茶鄉，家家戶戶都靠茶生活。」姑姑笑著，忽然她像是想到了什麼，說：「對了！妳來的那一天晚上，太晚了，街上賣衣服的大部分都關門了，我只買了兩套給妳替換，等一下，等揀完，我再帶妳去買幾件，天氣漸漸冷了，還要一些長袖的才行。」

我沒回答，只是低頭，專挑那一些茶梗太長的茶葉珠子，一支一支的折斷。

過了一會兒，姑姑抬起頭看看時鐘，驚訝的說：「不行，不行，現在就去，要不然晚一點我就要煮晚飯了，會來不及的。」她站起來，稍稍整理一下揀好的茶葉，對曉良說：「我們先出去了，你待在家裡看店，不要亂跑，客人來，如果不會賣的，就請他五點多再來，客人如果出價，絕對不可以答應，聽到沒？你那一籠揀完，順便把我們這一邊的揀一揀，晚上想吃什麼？我順便買回來。」

「噢！妳很討厭耶——」曉良很不耐煩的叫著。

「不管他了，我們快走。」

姑姑到廚房拿出錢包，就摟著我出門了。

姑姑買了好多衣服給我，多半是我挑的，有小碎花圖案，蕾絲邊的上衣和短裙。

「喲！妳看這編織的手鍊，好漂亮喲！妳戴起來一定很好看，再買一條可愛的小項鍊，就會變得很淑女喔！」姑姑說：「唉！要不是因為姑姑身體不好，醫生建議我不要再生孩子，不然我實在想再生一個女孩子。妳看曉良，好不容易生下他，姑姑和姑丈那麼疼他，他脾氣還那麼壞，唉！我們女生不一樣，女生就柔和多了，還能把她打扮得漂漂亮亮的呢！像妳，如果我有個女兒像妳這麼乖，該有多好喔！」

「姑姑，我不要手鍊和項鍊。」

「哦！不喜歡喔？」姑姑有點失望的放下手上的東西。

在百貨店的時候，我只要了一個裝飾著彩色塑膠糖果的髮箍，和黃色小雛菊的髮圈，我沒有多要，只要這些曾經陪伴著我，而現在卻壓在水泥堆下的，我的東西。

回到姑姑家時，天色已經昏黃了。

曉良仍然挑揀著茶梗，一看到我手上大包小包的，連忙站起來問：「我的呢？買什麼給我？」

「沒有，你的衣服已經一大堆了，而且新衣服給你穿，不用一天就髒了，不用三天就舊了，真是浪費我的錢。」姑姑沒好氣的說。

「呼……呼……呼……」曉良的臉忽然扭曲成一團，胸口和肩膀上下起伏，咬著牙，像是要吃人。

他隨手在架子上抓起一包小包裝茶，一轉身，用力朝我砸過來。

「啊！」我反射性的把身子一偏，那包茶從我和姑姑中間飛過去。

茶籠在同一時間翻倒了，青黑色的茶珠子散落一地。

曉良拔腿，衝上樓，「砰」的一聲巨響，關上房門。

姑姑氣得發抖，握緊拳頭追上去。

「砰！」「砰！」「砰！」「砰！」「砰！」

姑姑猛敲房門，大吼：「你給我出來，開門。」

「不開門，不開門，今天晚上就不要吃飯，出來把地上掃乾淨，呼……竟敢拿茶葉亂砸，我們家就靠這個吃飯，你這個不孝子，壞孩子，早知道你這麼壞，一出生就該把你掐死，為了生你，還辛辛苦苦吃了那麼多中藥，真是不值啊！你娘今天不打死你，我也不要做人了，竟敢拿茶葉丟我，沒天理呀……」姑姑破口大罵。

「人家丟秋香，又不是丟妳！」曉良大叫。

「秋香？秋香？秋香哪裡對不起你？人家到我們這裡作客，你敢丟她，她死了媽媽，沒有房子，已經很可憐了，你還敢丟她，讓別人知道了，說我虐待人家，你不要害我，我和你爸怎麼做人喔？」

「她活該，都是她害的，自從她來了以後，妳就常常罵我，我又沒怎樣，動不動就罵我，我早就知道妳喜歡女生，我本來就不喜歡她來我們家住；她不畫圈詞，老師也給我罰站，她不跳健康操，老師也找我麻煩，都是她害的；下課時，同學也不和我踢球，大家都討厭她，連著討厭我，就連妳也一樣，不疼我了……嗚……我做什麼都不對，沒有出去玩，幫妳揀那麼多茶梗……呼……妳就買那麼多東西給她，都不買給我，偏心！偏心！嗚………」

姑姑沒有再說話，樓上只傳來曉良哭嚎的聲音。

我邊聽邊顫抖，忽然發覺自己是個罪孽深重的犯人，都是我害的，我害了曉良，我害他們一家人吵吵鬧鬧，我害了疼愛我的姑姑，一切都是我的錯。

這時，我的心裡只有一個念頭——逃。可是，我能逃到哪裡去呢？我如果走了，爸爸會找不到我，外頭天也黑了，到處是可怕的陌生人，我能夠逃到哪裡去呢？

我丟下新衣服，倉惶的逃進房間，鎖上房門。

「叩，叩，叩。」

「秋香啊！妳不要理他，開開門……」姑姑轉到我房間外敲門。

我抱緊書包和媽媽的藍毛衣，拿被子蒙住全身，躲進一片寂靜的黑暗中，多麼希望自己能夠消失在這個世界上。

6 如果我是

痛苦的日子維持了大概一個月，直到我遇見了溫老師，才宛如在伸手不見五指，冰冷冷的岩穴中，尋覓到一絲壁光。

有一天放學後，校門口有人在發廣告單，我收到一張，上面印著：「玉梅畫室兒童美術教室招生」。一進姑姑家，姑姑就對我說：「秋香啊！曉良剛剛回來就一直吵著要去學畫畫，要不要一起去學？會進步喔！」

我搖頭，我不想去。

晚餐時電話響起，姑姑接起話筒，說：「喂！是春雄啊……對呀！正在吃晚飯。」

她隨後轉頭來說：「秋香，是爸爸哦！」

是爸爸要來接我了，我趕緊放下碗筷，跑過去接聽。

「爸！你什麼時候來接我？我要回家。」我滿心期待。

「秋香乖，還不行啊！茶園的砌石震倒了，壓壞很多茶樹，有一些也因為搖得太厲害，根部都斷了，這幾天才找到工人幫忙，而且組合屋也還沒蓋好……」

「……可是，你上次打電話……說很快就來接我……」我不禁哽咽了。

「唉！沒辦法啊！政府的組合屋還沒蓋好哇！秋香乖，再等幾天吧！」爸爸的語氣顯得十分無奈。

姑姑摟住我的肩，說：「秋香，來，姑姑有話和爸爸說。」

她接過話筒，說：「喂！春雄啊！你忙你的，不用擔心啦，嗯……嗯……會好好照顧她。」

停了一會兒，她又說：「功課是還好，只是老師有打電話來家裡，說她不會畫圈詞……問她話也都不答……」

我豎起耳朵，仔細聽著。

「就是她們老師規定，每一課國語要畫一張圖，然後把圈詞寫在上面……現在喔！現在還好，前幾天，我看了一下她的剪貼素描簿，最近兩課已經有畫一些東西了……嗯，我是想說，曉良想去學畫畫，我們村長伯的姪女，美術研究所剛畢業，開了一家畫室，現在正在招生，我是想說，讓秋香一起去學畫畫……嗯，費用我來出就好了……嘿！什麼話！自己的人哪！」

我聽著，不停的搖頭，我不喜歡畫畫，尤其不喜歡和曉良在一起。

「秋香，來，爸爸找妳。」姑姑遞來話筒。

「喂！爸！我不想……」

「秋香乖，妳看姑姑那麼疼妳，什麼都幫妳想到了。學畫畫很好喔，多有氣質啊！改天爸爸去接妳時，送爸爸一幅畫，好嗎？」

「爸！我不會畫……」

「不會？不會，那更應該學呀！姑姑那麼疼妳，不要辜負她的好意嘛！去啦！去啦！哦？」

「…………」

「嗯？怎麼不說話？就這麼說定了喔！去吃飯吧！爸爸也要去吃飯了，乖，乖，聽話喔！再見。」

「……爸爸……」

放下話筒，我的心情又跌落谷底，回到飯桌，一點胃口也沒有了。

那個禮拜六的下午，我背著書包，拿著水彩用具，跟著姑姑和曉良，來到學校邊一間老舊的日式房屋。屋外的院子裡種了幾棵不知名的樹，枝椏茂盛，可是冷風中，樹葉已經開始掉落了。

敲了門之後，一位白襯衫牛仔褲，面容清秀的女人迎過來，說：「歡迎！歡迎！呀！這不是『大展茶莊』的鍾媽媽嗎？」

「玉梅呀！不對喔！現在要叫妳溫老師囉！好像沒多久嘛！一下子就長得這麼漂亮啦！以前常常來幫妳伯父買茶葉，還是個小姑娘呢，現在，有沒有男朋友？我幫妳作媒。」姑姑笑著。

溫老師低頭微笑，又點點頭。

「呀！有了就好，什麼時候趕快請我們吃喜酒喔！」姑姑說完才想起我們兩個。「曉良和秋香，想來跟妳學畫畫，就拜託妳了，來，叫老師好。」

「溫老師好。」我和曉良同聲問好。

「好！好乖，喲！曉良都這麼高啦！那這一位是？」溫老師看著我。

「是曉良的表姐，也是六年級。」姑姑拿出帶來的茶葉禮盒。「聽說妳也喜歡泡茶，喏！這一盒是特級的高山茶，不嫌棄，留著泡，以後麻煩妳了呢！」

「唉，鍾媽媽，您太客氣了……」溫老師不好意思的收下了。

「妳真是厲害，自己找地方開畫室，怎麼沒在妳伯父家？」

「學校的老宿舍了，地方大租金又便宜，常常麻煩他們，我也不好意思。」

姑姑催著我和曉良說：「你們兩個先進去坐好，我有話跟老師說。」

話一說完，她就拉著溫老師的手，到屋外去了。

我找了一個位子坐下，觀察四周。

客廳裡有一張木板釘成的大桌子，桌子周圍均勻的圍繞著十張小椅子，這些桌椅大概就是我們的座位吧！一方的角落裡，搭著一個畫架，上頭的一幅畫已經打好草圖，尚未著色，地上則堆了許多完成的畫作，每一幅都有木框框著；客廳邊有一間缺了拉門的和室，榻榻米上放了一張矮桌子，牆壁上有一塊白板，旁邊掛著一幅毛筆字，上面寫著「唯無至靜，正念通明」八個字；整個屋子裡，除了一個排滿茶壺的木櫃子，一套音響，一張發黃的大照片和一盆花之外，沒有多餘的裝飾品。

看一看，只有我一位女生。

溫老師進來時，拿出剪成心形的紅紙片，笑容可掬的說：「我們這一班是高年級組，一共有七位小朋友。很好，我們不像其他年級組那麼多人，將會有更多的時間來討論作品。來，大家先把姓名寫下來，然後貼在門邊的書包櫃上，以後那個櫃子就是你專用的空間，讓你擺放東西。」

同學們都照著做了，只有我，不安的抓著地上的書包。

看了我的紅紙片，溫老師說：「秋香嘛，怎麼書包不放櫃子上呢？」

我搖頭，不敢說話。

「老師，妳不用理她，她很討厭，什麼都跟人家不一樣。」曉良開口。

「哈！其實沒關係的，妳喜歡怎麼樣都可以，老師沒有硬性規定。」

她要我們拿出水彩筆，然後發給每個人一張八開的圖畫紙，和一面小圓鏡，說：「今天大家第一次見面，先讓老師認識認識你。我們來畫一幅畫，叫做『如果我是』。」

「啊——」大家異口同聲大叫。

「別急，別急，聽我說完，你就知道不難。」溫老師慢條斯理的說：「『如果我是』的意思，是請你先觀察鏡子中自己的長相，瞭解現在的『我』，再想像一個全新的角色，一個你最想擔任的角色，然後畫下來，你不再是一個國小的學生囉！你可以變成飛行員、電影明星、醫生、護士、警察、太空人……」

「超人！」有人嚷著。

「金剛戰神！」曉良也不認輸的大叫，開始動筆。

「很好！不過，先看清楚自己喔！有問題的可以舉手問我。」

曉良很聽話的照了照鏡子，沒多久，擦去原來的線條，重新再畫。

我一手托著圓鏡，一手拿鉛筆，慢慢把臉挨近玻璃面。

「啊！」鏡中的人是誰？我心中暗叫了一聲。

那會是我嗎？鏡子中的人，瘦了一圈的面頰上，鑲著一雙略微凹陷的眼眶，深鎖的眉頭間，已經皺出一條深深的直紋，蒼白的臉蛋，恐懼的眼神，這是我嗎？什麼時候，我已經變成這副可怕的模樣了呢？

別人照著鏡子，嘻嘻哈哈一陣子，不久就都動手了，我卻遲遲不知該如何下筆。雖然這幾次的圈詞作業，我已經畫了一些東西，卻都是想了半天，硬湊出來的，有些圖案，根本和幼稚園小朋友畫的一樣可笑，何老師勉強給我七十分，現在要我在大家面前作畫，實在是難為情啊！更何況，從前那一個活潑美麗的我，已經消失了。

溫老師過來說：「秋香，有問題嗎？」

我搖頭，表示不會。

「搖頭，那是沒問題囉！」她揚起眉毛，笑著說。

溫老師誤會我的意思了。

「不是！老師，我不會畫，我畫東西很難看……」我急著解釋，聲音卻忽然變小了。

「哦——沒有關係，想到什麼就畫什麼，妳不用擔心，抽象畫我都看得懂了，不信妳看……」

她拉我到角落裡，翻出地上堆著的作品，挑出一幅烏漆抹黑的油畫，說：「妳看，很醜吧！抽象畫，我畫的呢！妳再怎麼樣，也會畫得比這張漂亮的，放心好了，大膽的去畫吧！」

看我半信半疑的樣子，她高聲喚說：「大家看哪！老師畫的不會比你們漂亮，不信你們看看。」

「噁！那是什麼？」「一堆柏油。」「我看好像大便，哈！哈！」幾個男生大膽亂說，笑成一團。

「對！對！對！感覺像什麼，就說是什麼，藝術家要忠於自己的感覺，很好，大家都很有天分喔！」她又說。

忽然，我覺得溫老師很特別，不像是一般的老師。

「可不可以畫童話裡的人物？」考慮了一會兒之後，我也放大膽子問。

「呀！隨便妳呀，妳覺得妳像誰，妳就變成那個人物，隨便妳。」

「嗯。」我點點頭，退回座位，拿起鉛筆先勾勒輪廓。

我回憶幼稚園老師教過的方法，先畫一個圓當成頭，再畫幾個大大小小的長方形組成身體和手腳，最後補上一個三角形做成的裙子，加上幾根長髮之後，我拿水彩筆蘸上灰色的顏料，仔仔細細的為她上色……

7 品茗和掛畫

一邊著色，我仍不安心，怕曉良隨時跑過來取笑我，於是不時抬起額頭瞄他幾眼。出乎意料之外的，曉良不但不像平常上課時隨便走動和吵鬧，反而十分專注的低頭畫著，偶而還會對著鏡子和畫紙喃喃自語。

溫老師兩手反背在腰後，像是一隻黑貓似的，輕手輕腳的在我們之間來回穿梭。奇怪的是，除非有人問她話，否則她總是悶不吭聲，挨在後腦杓偷看，人家如果回頭看看她，她就笑瞇瞇的猛點頭。

大概是受到了老師的肯定，我開始放心作畫；漸漸的，越畫越專心，越畫越起勁。

不知什麼時候，溫老師不見了，出現時，手上竟然捧著一組茶具。

「小朋友，好了，時間到了。現在呢，我們要做一件更重要的事喔！那就是『話畫』！」溫老師加重了後面兩個字的語氣。

「什麼？」「不是正在畫畫嗎？」大家都納悶。

老師走過來說：「聽我說！『話畫』的第一個話是說話的『話』，第二個才是畫圖的『畫』，換句話說，就是把你剛剛畫的東西，用話介紹出來。」

「哦？好奇怪。」「沒聽過。」「怎麼『話』呢？」

以前在秀峰國小，美勞課上完，只要交出作品就沒事了，沒想到來到梅山，又是畫圈詞，又是話畫，一招又一招，接不完的怪招，叫人害怕。

「別擔心，很簡單的，我先示範一次。」溫老師要大家脫了鞋，隨她進入和室，圍坐在矮桌四周。

她將茶盤放在桌上，隨後拿來一幅畫，用磁鐵吸在白板上，清了清喉嚨：「各位親愛的來賓，現在為各位介紹我最新的創作，這一幅畫叫做『如果我是』，如果我是一朵桃花……」

「圓仔花！哈！」曉良故意這樣說，惹得男生們笑得像是抖動的海葵。

那幅畫很特別，中央一朵又紅又大的桃花，背景卻是陰陰暗暗的，有幾朵雪花飄落在紅花瓣上，紅、黑、白三種顏色，搭配得很詭異。

「喂！鎮定一點，你們看看林秋香，安安靜靜的觀賞，你們這些男生得多多向她學習呀！」溫老師向我點個頭，接著繼續說：「如果我是一朵桃花，我希望開在春光明媚的三月天，而不是像這樣，開錯了時間，開在寒冷的冬天，耐不住風雪，很快的就會謝掉了……」

咦！既然是這樣，為什麼老師不把背景畫成春光明媚的三月天呢？

「我用紅、黑、白三種對比強烈的顏色，讓畫面顯得很搶眼，卻又不太和諧，讓人一看就覺得……這朵桃花……本來就不應該在這個地方的……」老師說著，速度變慢了些，不時還會眨眨眼睛，吞吞口水。

底下的人仍然低聲嘻笑著，大概只有我發現有些不對勁。

「嗶——」一聲哨音響起。

「噢！水煮開了。趕快！」

老師衝出和室，提了一壺開水進來。

「來，來，來，我們一邊喝茶，一邊欣賞大家的作品。剛剛鍾曉良的媽媽送了一斤高山茶，大家來品嚐品嚐。對了！品茗。」老師歪著頭頓了一下，說：「點香、品茗、插花、掛畫，是古代的『宋人四藝』。」

「什麼意思？」有人問。

「古代的宋朝人，非常懂得享受生活，文人雅士常聚在一起，點上一爐檀香，沖泡一碗茶，插上一盆花，掛上幾幅畫，然後討論文章，非常快樂。我們也可以學學他們喔！」老師看了看四周，又說：「插花，已經有一盆了；品茗，現在要泡茶了，既然要品嚐茶香，那麼點檀香就不好了，會混淆茶的氣味，我們改聽音樂好了。至於掛畫，就等你們表現囉！」

說完，她挑出一片CD唱片，放出悠揚悅耳的音樂。

「這一片叫做〈清香滿山岳〉，喝茶的時候聽，挺合適的呢！」老師回到座位，說：「好，現在我來泡茶，從我左手邊開始，一個一個輪流上去，貼上你的大作，然後向大家介紹『如果我是』……」

老師左邊第一個就是曉良，我在她的右邊第一位，算來，我排最後一位。弄清楚後，我才稍稍鬆了一口氣。

曉良貼上畫，興奮的說：「如果我是一隻暴龍，我要吃掉其他的恐龍。」

「哇！好有趣喔！一個人面恐龍身的東西，正在吃另一隻恐龍。畫得很漂亮耶！又有火山，又有大樹，那是什麼年代呀？」老師問。

「侏羅紀。」曉良答。

「那隻恐龍就是你嗎？你看，吃別人吃得滿嘴的血，哦！真精彩，看來你對恐龍滿有研究的嘛！你說要吃其他恐龍，想吃哪一些呀？」

桌上的茶具經熱水一沖，冒出一縷輕煙，我吸到一股濕濕的暖氣。

「我要吃掉雷龍，還有迅猛龍、三角龍、翼手龍、劍龍、巨龍……」

「等一下，等一下，肉吃那麼多，對身體不好喔！還要多吃青菜才行。」

「哈！哈！哈！」老師說完，同學們又笑了。

忽然，一陣清香撲鼻而來，轉頭一看，八杯橙黃色的茶湯已經倒好了。

曉良搔著頭接不下話，老師又說：「現在沒有青菜吃，喝一杯茶，均衡一下也是很好的。來，請大家用茶。」

曉良坐下來，一大口就喝乾了，一點也不怕燙。

「唉！唉！鍾曉良，你這個叫做牛飲，浪費了這一杯好茶，就算你們家有喝不完的茶，也不能這樣喝啊！這樣喝不出茶的好味道的。要這樣……」老師輕輕的端起茶杯，靠到鼻子前面，左右移動，說：「先聞一聞香氣，讓鼻子享受一番，感覺像什麼？」

溫老師的兩顆眼睛溜溜的轉動著。

「香水！」曉良說。

「噢！太誇張了，不過倒是有一些花香味，聞起來很舒服，完全沒有焦氣或怪味，的確是好茶。」她瞇著眼睛，一副陶醉的神情。「接著，吸一小口到嘴巴裡……嗯！茶湯的味道很濃卻不澀，又香又醇。」

幾秒鐘之後，她揚起水汪汪的大眼珠，讚嘆：「哇！回味清香甘甜，有沒有？剛開始有一點點苦，慢慢的會感覺舌頭後面甜甜的，哦？」

大家學著分辨滋味，也不知是真懂還是裝懂，紛紛點頭說：「有，有。」

我覺得茶湯真的有一些苦，不過一會兒之後，也真的有一股甜味從喉嚨裡滲出來，滋潤著舌根。我不知道姑姑送來的茶到底有多高級，我只是一直注意看著溫老師，聽著溫老師，她全身散發出一種又輕巧，又優雅的氣質。

其餘的人也一一上台了，有人想像自己是太空人，畫出在月球漫步的情形；有人說他是潛水教練，正在水面下觀賞海底美景；還有人把自己畫成了聖誕老公公，忙著到處去送禮物。

每個人都畫得好，說得頭頭是道，雖然都是來學畫的，其實本來就有些底子了，沒有人像我，真的是什麼也不會，來漏氣的。

輪到我的時候，我繃緊神經，抓住書包，緊張得無法呼吸了。

8 「畫」說灰姑娘

「畫呢?秋香。」溫老師看看四處,找不到我的畫。

「老師,在下面,她故意把畫壓在屁股下面藏起來。」曉良發現了。

「不公平!妳看過我們的畫,也要給我們看妳的。」

「對!不公平。」「不公平!」大家抗議了。

曉良忽然伸手過來,要抓我的畫,我張開手掌往下擋住。

「嘿!不行!」溫老師立即阻止他。

「秋香,別怕,妳把畫交給老師,老師幫妳『話』,好嗎?妳不必上去的,別擔心,妳畫得很棒的,我剛才都看過了啊!」她溫和慈祥的對我說。

我考慮了一下子,終於交出來。

她一貼上白板,大家就哈哈大笑。

「什麼嘛？好像幼稚園的小朋友畫的。」不知是誰說的。

「怎麼跟剛才老師給我們看的油畫一樣，污漆抹黑的。」

「她本來就不會畫，每次國語畫圈詞，她都很低分。」曉良又取笑我。

我感覺臉頰一陣熱，羞得低下頭，瞅著老師，心裡有些埋怨她。

溫老師頻頻搖頭，一副很不以為然的樣子，說：「你們都錯了！」

一時之間，大家都閉口了，和室裡靜得連一根針掉下來都聽得到似的。

溫老師的眼神輪流在每個人的臉上停留了一秒鐘，落在曉良那邊的時候才說：「秋香畫得非常的好，老師一看就懂得她要表達的含意，不信，我來說說畫裡的故事。」

她又轉過來對我說：「秋香，妳都不必開口，如果老師說對了，妳就點點頭；如果說錯了，妳就搖頭，好嗎？」

我吸了口氣，點頭答應。

「大家看，畫面中這個人全身都是灰色的，是灰姑娘，秋香，妳想像自己是童話裡面的灰姑娘，對不對？」她指著畫中的女孩問。

我點頭。

「灰姑娘一定是心情不好，流下兩滴眼淚呢！對不對？」

我又點頭。

「你看旁邊這一堆髒衣服，堆得那麼高，還有地板那麼髒，灰姑娘很想把家事做好，可是實在是太多又太髒了，她辦不到哇！家事做不好會挨罵的，所以她才會很難過，掉下眼淚來。」看我猛點頭，溫老師越說越有勁。「灰姑娘心裡面一片亂糟糟的，所以到處是黑色、藍色、咖啡色，亂成一團，人家本來很美麗的，可惜被這些搞得那麼醜，那麼可憐。」

我好驚訝！溫老師真的很厲害，就連我畫得那麼的不像，她也都看得懂。

「可是，老師，她用三角形、圓形、長方形的，把人畫得那麼醜，而且髒衣服不像是衣服，像是一堆狗屎，你還說她畫得好？」曉良抗議。

「不！不！不！我們畫畫，重要的不是要畫得像，而是要把感覺畫出來。如果要畫得和真的東西一模一樣，不如拿相機來拍，絕對比用畫的更像啊！秋香是真真實實的把她的感覺畫出來了，所以老師說她畫得很好。」溫老師說完又補了一句：「秋香的感覺，老師很能體會呢！」

沒有人有意見了，她又說：「時間差不多了，今天就到這兒。謝謝大家與我分享你們的作品，每個人都很有畫畫的天才。對了！下次，我們換人泡茶好嗎？老師才能專心聽你們『話畫』。有誰會泡茶嗎？」

「老師，鍾曉良他們家開茶莊，一定很會泡茶。」有人提議。

「哦！我忘了有茶莊的小老闆，太好了，以後麻煩你了，沒問題吧？」

曉良愣了一下，才回答：「好。」

我知道他是為了不想丟臉才答應的，我在他們家那麼久了，都是姑姑和姑丈泡茶請客人試喝，從來沒看他提過茶壺。

臨走時，溫老師還我畫，還摟著我的肩說：「秋香，加油！」收拾好東西，背上我的書包，跨出「玉梅畫室」，〈清香滿山岳〉的音樂聲還在耳邊繚繞，我有一種意猶未盡的感覺。溫老師好親切，才第一次見面，她就那麼瞭解我，又對我那麼好，我真有一點捨不得離開呢！

冷風吹個不停，但是夕陽的金光斜斜的照著大地，卻讓人心裡感覺暖和，天邊的雲朵染上了七彩的顏色，一群鴿子整齊的在上面飛舞，一會兒盤旋，一會兒直飛，顯得快樂極了。

人還沒走遠呢，我就已經開始想念溫老師了，回頭再看看畫室，畫室已經被那幾棵不知名的樹遮住了。昏黃的天色中，樹葉又片片離開枝頭，隨風四處飄散，交錯的枝椏中，我隱隱約約的，看見樹梢上冒出了一顆青白色，不怕寒冷的小花芽……

9 夢中世界

曉良要姑姑教他泡茶，姑姑問出了原因，就拿出各種茶葉，一一示範沖泡的方法，茶葉桶一字排開，有高山茶、龍井、金萱、翠玉、包種、鐵觀音、凍頂烏龍……

姑姑很興奮，說：「竟然對泡茶起了興趣，以後真的可以幫忙顧店囉！」

「好啦！妳趕快教我就對了。」曉良又顯出不耐煩的口氣了。

有了溫老師的肯定，我開始放膽畫圈詞，接下來的國語第九課〈空中花園〉，我就用鉛筆畫了好多好多的花，得到八十九分，何老師的評語寫說：「有進步，可惜沒有上顏色，不然就有九十幾分了。」看到分數的時候，我好高興，好想衝到溫老師的畫室，找她分享我的喜悅。

第二次畫畫的題目是「夢中世界」，溫老師要我們畫下印象最深刻的夢境。

我幾乎是沒有半點思考，就決定要畫的東西了，因為這一個多月來，那一幅恐怖的景象，常常啃蝕著我的心靈，痛醒我，嚇出我一身冷汗。

這一回，我蘸上黑色的顏料，慢慢的勾出輪廓。

「秋香，可以加點其他顏色啊！」溫老師打破沉默，給我建議。

「……可是，我的夢是黑白的，沒有彩色……」我照實回答。

「哦！既然是這樣，就畫黑白的，沒有關係。」她又笑著點頭。

「話畫」的時候，她拿出另一個茶葉罐，說：「這一次，我們試試凍頂烏龍茶，來，曉良，麻煩你了。」

曉良輕輕拍拍胸口，小聲的說：「呵——還好，烏龍茶，我有練習到。」

曉良端端正正的坐好，提起胳臂，學姑姑的姿勢，沖好第一泡茶，濃郁的香氣像是一朵花似的，綻放開來。

溫老師品嚐了一口，點點頭說：「嗯！不愧是茶行的小老闆，泡得好。」

「開玩笑！不同的茶有不同的沖泡方法，像這個烏龍茶需要用滾水，如果是龍井茶，就只能用溫水，對不對？唉！沒有一種茶難得倒我。」

曉良搬出學來的東西，口氣變得很大。

「哇——好厲害！」其他人傻傻的，被他唬住了。

「不錯是不錯，可是，曉良，泡茶給別人喝是在服務別人，泡茶人要有一顆謙卑的心，才能使喝茶人喝得舒服自在，進一步品嚐出真正的茶味。高雅的茶藝，不是光有泡茶技術就好，還要重視泡茶的精神。」溫老師站起來，指著牆上的毛筆字說：「『唯無至靜，正念通明』，這是朋友送我的字，老師參加過他們的『無我茶會』，感覺好極了，既然你很會泡茶，明天嘉義市剛好有一場茶會，帶你去見識一下，怎麼樣？」

「好哇！那有什麼問題？」曉良爽快的答應了。

我不懂什麼「無我」，什麼「精神」，不過溫老師好像是故意這麼說的。

「對了！既然今天畫的是『夢中世界』，那麼我們來聽〈戲夢人生〉電影原聲帶，剛好符合這種氣氛，唉！人生如夢，夢如人生。」

老師說著，放入CD。

輕柔又舒緩的樂聲在室內流動，同學們又輪流上場，述說自己的夢中故事，我一個字也聽不進去，盯著自己的畫，回想那恐怖的一幕幕……

「秋香，喝掉啦！我泡了那麼多泡，你都沒喝。」曉良催我喝茶。

「噢！」我端起杯子，茶早已冷掉了。

音響中忽然傳出一個女生的歌聲。

舊衣一件過了期

崎嶇世路哪裡去
飛來飛去你撿起
穿在身上不再拆分離
求天求地讓我照顧你
寫出人生的傳奇

聽到「舊衣一件」，使我想起媽媽為我穿上的藍毛衣，媽媽那麼疼我，卻慘死在冰冷的水泥堆下，我忍不住一陣心酸趴在桌上低聲啜泣。

「怎麼了？怎麼了？」溫老師問。

「不是我，與我無關，我只是叫她快點喝茶而已。」曉良連忙解釋。

我感覺到一隻溫熱的手搭上我的肩膀。

我搖頭，臉卻沒有抬起來，因為兩行淚不知為何，像是關不住的水龍頭，一直往外流，一直往外流，我好想叫，叫媽媽……媽媽……

「好吧！剛好大家也都『話』完了，今天就上到這兒，可以回家了。」溫老師說：「曉良，老師有話跟秋香講，秋香晚一點再回去。」

不久，耳邊響起細細的聲音說：「秋香，想哭就哭吧！老師陪著妳。」

聽她這麼說，我反而抬起頭來，擦去眼淚和鼻涕，靜靜的發呆。

大家陸續走了之後，她慢慢的拿起我的畫，觀看了一會兒才說：

「妳的夢裡面，昏天暗地的，一定是個可怕的惡夢，對不對？」

我沒有回答。

她又指著畫中間，慈祥的問：「這是什麼東西？有凹下去的，也有凸出來的？能不能告訴老師，是什麼？」

我呆呆的看著圖，小聲說：「那是馬路，馬路陷下去了，又凸起來……」

「這邊好像有東西裂開了？」她又說。

「……那是牆，牆壁裂開了，地震來的時候，我家的牆裂開了，倒了……一面又一面都倒了，我的床沒了，我的洋娃娃沒了，我的書桌沒了，我的衣服沒了，嗚……我……我媽媽壓死在裡面，哇嗚……」

「秋香，秋香，哭吧！想哭就盡情的哭，老師陪著妳。」她摟住我。

「我什麼都沒有了，什麼都沒有了啊⋯⋯⋯」

我盡情的放聲大哭，胸口那一股悶氣，憋得我好痛苦，好難過。

原本我有一個幸福的家，有疼愛我的爸爸媽媽，現在卻什麼都沒有了，為什麼老天爺選上我？為什麼這麼殘忍的對待我？為什麼這一切的不幸，全部降臨到我身上？為什麼？為什麼？為什麼？

我心中吶喊著，懷裡緊緊抱住我的紅書包。

10 千瘡百孔的茶壺

不知過了多久，我已經流乾了眼淚，剩下聲聲抖動的喘息。

溫老師拉著我的手說：「秋香，妳的痛苦老師很能瞭解，我也是失去媽媽的人，我和妳差不多年紀的時候，也失去了媽媽，還有爸爸……」

我愣了一下，想不到世界上還有比我更不幸的人，而且，居然是老師。

她取下牆壁上發黃的照片說：「妳看，這是我，這是我爸爸、媽媽。」

照片上的一家人開懷的笑著，背景是一座吊橋。

「這是我們到『天長地久橋』拍的照片。這一張照片，我一直保存在我的書包裡面，大火燒起來時，我在學校上課，回到家時，家裡

已經變成一片灰燼……總算，留下一件值得紀念的東西……我家本來住在嘉義市的，後來伯父接我來梅山住，所以，我很能體會妳的心情。」

「他們都被火燒死了嗎？」

「嗯。」她抬起頭來，微笑著：「第一次上課時，姑姑就已經把妳的遭遇對我說了，還請我要好好照顧妳，姑姑真的是很疼妳呢！」

原來姑姑拉溫老師出去，就是告訴她我的事情。

溫老師比我還可憐，我覺得她的心，跟我貼得好近好近。

「來，不愉快的事情說完了，我們再喝一口茶，喘口氣吧！」她提起水壺。「啊！沒水了啦，被曉良泡完了，沒關係，再燒一壺來。」

她提起水壺走入廚房，不一會兒又到臥室拿出一個紙盒子，說：

「老師秀一樣東西給妳看，我平常可不隨便給別人看喔！」

她打開盒蓋，取出一個拳頭般大小的茶壺，揚起眉毛，說：

「喏！妳看，這是我最寶貴的東西喔！很特別的。」

我拿過來看了又看，看不出有什麼特別的地方。

「這只壺叫做『寒煙壺』，好美的名字。」

她溫柔的說，「妳別看我架子上排滿了茶壺，沒有一只比得上它。別看它長得普普通通的，它的表面經過特別處理，很有學問的，待會兒，泡一壺茶，妳就知道了。」

水煮開時，老師清了清桌面，換上「寒煙壺」。

「先溫壺。」她在空壺內倒入開水，蓋上壺蓋後，又淋了一注熱水上去。

忽然間，一陣一陣的白煙從壺身上騰起，慢慢的向上盤旋，向外擴散，好像香爐裡薰出的檀香，在空氣中拖曳著白紗帶，踩著輕柔的舞步四處流浪，好神祕，好美麗。

幾十秒過去了，白煙還沒散完，我張大了嘴，彷彿置身童話故事裡。

我不敢相信，剛才曉良泡茶用的壺，頂多五秒鐘，水氣就蒸乾了。

等煙散完之後，她說：「這時候開始泡茶最恰當。」

她接著舀入一些茶葉，沖進開水，重複剛才的動作。壺面上又升起一股白煙，不同的是，這一股濕濕的水氣中，卻浸潤著濃濃的茶香。

「咦！這……，那裡面呢？」忍不住好奇，我問。

她拿茶鑷子夾起壺蓋，說：「妳看看有沒有不一樣？」

我探頭過去，只見白煙中，一顆顆墨綠色的茶葉珠子浮在水面上，吸吮著熱水，慢慢的舒展開來，像是一個個飢餓得蜷縮著的小娃娃，吸到了媽媽的奶水，欣喜的挺直腰桿，張開四肢，賴在媽媽的懷抱中撒嬌。

這一次白煙散盡時，溫老師說：「第一泡泡好了，妳看多方便，不用計時，白煙消散的時候，剛好是茶湯滋味最適當的時候。」

「好神奇呀！」我說。

她為我倒了一杯茶，然後提起茶壺，靠在鼻尖上說：「白煙是這些小洞製造出來的，不仔細看是看不出來的喔！」

我接過來察看，果然在壺面上看到了千瘡百孔一般，無數的小洞，好像放大的皮膚，佈滿毛細孔。

「這是故意戳出來的。」

「啊！好好的茶壺，為什麼戳成這樣？看起來好可憐喔。」我有些心疼。

「對呀！好可憐，可是如果沒有戳這些小洞，這只壺也不過是一只普通的茶壺，不會冒煙。就是因為這些小洞，把淋在上面的滾水留在洞裡，經過茶壺裡的熱氣一燙，再慢慢的蒸發出來，煙霧才會冒那麼久。」

「呀！原來是這樣，真的好特別。」

「老師拿出心愛的茶壺給妳看，其實是想告訴妳，我們人也是一樣，經歷過挫折和傷痛的人，反而能散發出更多的光芒，就像這只『寒煙壺』一樣。」

她握著我的手說：「秋香，加油喔！」

我感到一股熱流流過心頭，眼睛一熱，又想哭了。

「鈴——鈴——鈴——」突然電話鈴聲響起，打破靜默。

溫老師起身，到臥室聽電話。

喝完茶，撫摸著「寒煙壺」，回想老師剛才說的話，不知是茶湯提神醒腦，還是老師的話鼓舞人心，我感覺精神一振。

「……我不想聽……我沒有話說了，既然你已經有了她，就不應該再來纏著我，我已經離開台北，就是要徹底跟你了斷……」

大概日式屋子的隔音不好，我可以清楚的聽到老師說的話。

「你明明知道我是愛你的，為什麼……我已經決定了，等我存夠了錢，我要到巴黎學畫，這一輩子，我……不想再談感情了……，如果真是這樣，如果你真有心，下禮拜週休二日，我們當面把話說清楚……」

不知道她和誰講電話，越說越大聲，越說越激動，我心裡感到很不安，忍不住東張西望。

夕陽光穿過木頭窗子，斜射進和室，一條被拖長的影子吸引了我的注意，朝外頭看去，原來是枝頭上的一朵白花。

哦！該不會是我上次看到的那一顆小花芽吧！

我挨近窗戶往外看，枝椏間剩下來的葉子更少了，夕陽下，果真只有那麼一朵小白花，迎風搖曳。

「哦！什麼東西那麼好看？」老師講完電話，過來了。

「老師，那是什麼花？我上次就注意到了。」

一回頭，我看見她的眼睛紅紅的。

「嗯！妳不曉得，那是梅花啊！我們梅山鄉向來是以產梅子聞名，最近一二十年來，茶葉和檳榔的價錢好，梅樹才漸漸的少了，現在梅山公園裡還有很多梅樹呢，花期一到，一片白茫茫的，淒美極了。當初租這間舊房子，外面這幾棵梅樹，是吸引我的主要原因喔！嘻！」她仍然笑著告訴我。

「那為什麼只有開了一朵？」其實，我想問的還有剛才那通電話，卻沒勇氣說出口。

「哦！是嗎？」她也探頭出去看。「現在是十一月底，還沒到花季，怎麼就開了呢？唉！花開不對時……」她突然收起笑容，轉過來問我：「嗯？忘了問妳，剛才播出那首〈花開不對時〉的時候，妳為什麼哭了呢？」

「什麼是『花開不對時』？」

「剛剛妳哭的時候，不是曉良欺負妳，我猜是聽到歌曲的關係，是嗎？」

「嗯。」連這一點，她都猜到了。我低頭說：「因為媽媽留在世界上的東西，只剩一件毛衣，所以我聽到第一句歌詞，感覺很難過。」

「第一句歌詞，『舊衣一件過了期』是嗎？」

「嗯！」

「好，對付難過，有一個好方法，就是面對它。」她拿起遙控器，調了調順序，然後吸了一口氣，說：「來，我們一起來面對它。」

歌聲再次響起……（註）

舊衣一件過了期
崎嶇世路哪裡去
飛來飛去你撿起
穿在身上不再拆分離
求天求地讓我照顧你

寫出人生的傳奇

我的真愛像茶葉
捲得密密不透氣
你的深情像滾水
沖出我的人生好滋味
一葉一葉勻勻的漸漸開
清香透入人心脾

明明一叢桃花枝
怎樣蒼天忘記了

害我花開不對時
結果卻來墜落黑暗池
宛然春蠶秋天吐無絲
肝腸寸斷嚎到死

也許是剛才發洩得夠多了，聽到同樣的歌聲，我已經不再難過了；反而是溫老師，她坐在榻榻米上面，靠著牆壁，皺著眉頭，聽得入神了。

「這三段裡面，我最喜歡第三段了。」歌聲停止時，溫老師幽幽的說。

她又按壓遙控器，重播第三段。

我聽著聽著，感覺十分熟悉，不是歌詞，而是一個畫面，「明明一叢桃花枝」，好熟悉的一幅畫面哪！似乎不久前，才看過這樣的一幅畫。

「啊！對了，是……」

我轉過頭正要分享新發現，卻看見她雙手掩住臉，全身顫抖著。

不知什麼時候，溫老師哭了。

（註）陳明章作曲，路寒袖作詞，潘麗麗演唱。

11 母雞帶小雞

不知溫老師是怎麼辦到的，曉良自從參加完茶會之後，整個人變了。

放學後，他就佔著櫃檯練習泡茶，各種茶葉都被他泡遍了。而且神態也不一樣了，動作柔柔緩緩的不說，還會恭恭敬敬的給姑姑和姑丈奉茶。

「秋香，也來喝一杯吧！」姑姑端起一杯，喚我過去。

「這裡是沒有榻榻米，不然，還要跪著泡呢！人家茶會上，都是跪著泡茶的。」曉良認真的說著。

「嗯！好香，果然進步很多，有練習有差。」姑丈喝了一口，說：「喜歡泡茶的人沒有比你幸運的，爸爸開茶莊，有泡不完的茶葉隨你泡著玩。」

「茶藝好不好很重要，一斤兩千元的高級貨，不會泡的人泡出來像是兩百元的，嗯！我們曉良泡出來的像是五千元的特級品。」姑姑也讚美。

曉良得意得耳根都紅了。

真是那樣好喝嗎？我分辨不出來。不過比起他先前急急躁躁的模樣，現在看起來是輕鬆許多，喝起他的茶來，也不再「心慌慌」的了。

禮拜三下午，趁著沒課，我跑到溫老師的畫室找她聊天。她來開門時，仍然是一貫的裝扮，可是全身上下卻沾著顏料，尤其雙手更是五顏六色。

「呀！是秋香，請進。哈！不好意思，讓妳看到老師醜八怪的樣子。」她雙手搓揉著一條抹布，笑著說：「來得正好，正好讓我休息一下。」

「老師，妳在畫畫啊！」我好奇的走到畫前，畫布上有一個人像。

「我們到和室坐。」她伸出雙手，看了看說：「算了，不洗了，秋香幫老師泡壺茶好嗎？我懶得洗手了，油彩不好洗，等一下繼續畫，還是要再弄髒的。」

「可是，我不會泡耶。」我輕輕退了一步。

「沒關係，我教妳，什麼時候該做什麼，妳照著做就好了。」

於是，她帶著我，到臥室的枕頭邊拿來「寒煙壺」，又燒來一壺開水。

「泡茶很簡單，從前日本的統治著豐臣秀吉，問日本茶道的創始人千利休說：『茶道是什麼？』千利休回答他：『茶道就是把茶放進容器內，沖入開水就是了。』說得好簡單。」溫老師說：「我講一下，妳就會了。」

聽她這麼一說，我開始有了信心。

我聽從她的指示，先溫壺、燙杯子，裝入茶葉，沖第一泡，她說的「溫潤泡」。白色的水煙像是噴霧出來的香水，鑽進我的鼻孔，叫人神魂顛倒。

「好濃的香氣呀！好香！」我不禁大嘆一聲。

「這是高級的香片，薰了好幾遍花香的茉莉清茶，當然香囉！」

原來如此，難怪剛才看茶葉裡有一顆顆黃白色的小花片。

「倒出茶湯，打開壺蓋，再聞聞看。」老師又說。

我照著做，只見瀝乾了的茶葉片混著茉莉花瓣，受了溫水滋潤，變得飽滿亮麗，青綠中綴著粉白，好像一對情人似的，甜蜜蜜的擁在一起。比剛剛更濃烈的香味直接竄入腦子裡，剎那間，將我推入一座花園天堂。

「通常第二泡再喝，比較沒有泡沫雜渣。」她說。

「好多學問，不簡單咧。」我說著，再沖入開水。

「沒辦法，我們東方的茶藝比較花功夫，所以又有人說是『功夫茶』。」她喝了一口，張大嘴說：「哇！好棒！秋香很會泡茶喔！」

「哪有？曉良才會呢。姑姑和姑丈都說他越泡越好喝，他就每天泡來泡去的，客人來的時候，姑姑還找他幫忙泡茶。」

「喔？真的嗎？不過那一天我們去『無我茶會』，曉良倒是很認真，看著別人，輕手輕腳的學習。茶會裡，泡茶不是為表現自己，而是誠心奉獻給別人，照著這樣做，慢慢的，他能體會出茶會的精神的。」她說。「他的好勝心強，找對了方向，他會全心投入，看他畫畫就知道了。」

「啊──」溫老師伸了伸懶腰，又說：「又作畫，又喝茶，好浪漫喔！」

「老師，妳畫的是什麼人？」我指著客廳的畫架問。

「噢！那是一位少婦，我拿我媽媽的照片當模特兒，畫一位少婦。」

「她在做什麼啊？」

「她啊，唉！她在閨房裡等待丈夫回家，心情很煩悶，丈夫出外工作，一去就是好幾個月，一點消息也沒有。」她眨了眨眼睛，抬起頭來，解下頭上的髮簪，一頭又長又黑的秀髮瞬間滑落下來，經她輕輕一甩，好像一道閃亮的瀑布。

溫老師變得好嫵媚，我從來沒看過她披下長髮的模樣，想不到竟然是這樣柔美，這樣有女人味。

「……老師……」

「嗯，什麼事？」

「……能不能……請妳也畫一個媽媽給我？」我鼓起勇氣，提出請求。

「哦？這樣啊！」她考慮了一下說：「好是好，可是，我沒看過妳的媽媽，不知道怎麼畫耶。」

「喔」我一下子洩了氣，垂了頭。

「不過，我可以幫妳畫一隻雞媽媽，帶著小雞，好不好？」

「好！」我一聽，立刻又精神百倍的點點頭。

溫老師帶我回到畫架前，取出一張畫布放在大桌上，又拿畫筆蘸上油彩，直接在上頭作畫。

「這是一隻老母雞……」她邊塗顏色邊說。「……山上放養的土雞，每天帶著小雞出去抓蟲吃……」

那隻母雞胖胖壯壯的，全身覆滿彩色的羽毛，顯得很美麗。

「……再畫一隻黃毛的小雞，每天吱吱叫，像是一條跟屁蟲，媽媽走到哪裡，就跟到哪裡……」她低頭彎腰繼續作畫。「……小雞有個名字，叫做小香香……」

「哈！哈！哈！」我忍不住笑了。

12 未來世界

我小心翼翼的將那一幅「母雞帶小雞」摺好，藏在書包裡，好隨時拿出來欣賞。有了那一幅畫，我就不再感覺那麼孤單了，溫老師真是一個好人，不但安慰我，鼓勵我，還送我畫，我好感激她。

經過這幾個禮拜的相處，我明明看得出來溫老師有心事，卻猜不透是什麼，直到那個禮拜六，我終於確定和她的男朋友有關。

那一天下午，我還沒到畫室，遠遠的就看見一個男人的背影，正緩緩離開畫室的大門。

一進門，我跟著別人把書包放在櫃子裡，到裡面找溫老師。見到她，我愣住了，簡直不敢相信我的眼睛。

溫老師變得好漂亮，她穿著一襲桃紅滾黑邊的新式旗袍，胸口戴著水晶項鍊，一頭長髮披在肩上，臉上抹了淡淡的妝，剛巧從廚房走出來，好像一個喜氣洋洋的新娘。

「喔！老師去相親。」我開她玩笑。

「唉！要真是這樣就好了……」她自顧自的往臥室走去，神情落寞。

等她出來時，已經換回牛仔褲、白襯衫和挽起的髮髻，她看了看四周，對我說：「哦！秋香會說笑了，書包也不需陪在身邊了，真不簡單。」

她雖然誇我，可是眼睛裡昏昏暗暗的，我感受不到她的喜悅。

「老師，妳怎麼了？」我低聲問。

「沒有哇！大概是太累了。」她揉了揉眼睛，深呼吸兩下。

「剛才在外面那個男生，是不是妳的男朋友？」

「嗯……」

她輕輕應了一聲，就走到客廳，我還有疑問，也不好意思再問了。

她發下圖畫紙，宣佈畫畫的主題是「未來世界」。

「這是一個完全想像的題目，你希望未來的世界會怎樣？有太空旅行？人能夠直接飛行？學校蓋在海底？還是……，越奇特越好。」她說。

我努力的想了又想，想不出未來世界會如何，於是，我舉手發問。

「老師，能不能畫自己以後在做什麼？」

「以後在做什麼……」老師傻住了。

「就是未來在做什麼事啊！」

「嗯，未來……既然是從這個題目聯想出來的，當然都可以。」

我一聽，好高興，接著說：「那，我想跟妳借鏡子。」

其實，當老師說可以的時候，我就已經決定要畫的東西了。

一拿到鏡子，我就趕緊朝裡頭瞧。嘿！鏡子裡的人臉色是紅潤的了，眉頭不再鎖在一起，雖然還是瘦巴巴的，嘴角和眼角卻都帶著笑意。

看到這樣的鏡中人，嘴角更加往上揚了。不知是不是因為我認真畫了圈詞，也作了健康操，老師不再處罰我，曉良不再欺負我，同學也不再取笑我了，我覺得最近的日子輕鬆了許多，肩頭上那種沉重的感覺也消失了。

我拿畫筆蘸滿黃色的顏料，先畫上一個斗笠，再畫一個圓圈當作我的頭，然後模仿剛才化了妝的老師，在我的臉蛋塗上胭紅和口紅，並且穿上紫色的新裝。

接著，我在我的身邊畫上一棵一棵茶樹，那油綠綠的葉子一片片都大大的，好讓我方便採到，茶樹下面配上磚紅色的泥土。爸爸忘了刮鬍鬚，也戴著斗笠，彎著腰，站在我旁邊採茶。

「秋香，顏色用得很鮮豔，很不錯喔！進步好多喔！」溫老師過來時，顯得很驚訝。「這樣的畫面適合藍天白雲當背景，試試看，會更漂亮。」

我聽了，興致勃勃的照著畫了。

她雖然穿梭在大家中間，可是有一兩次，她坐在和室邊上愣愣的發呆，一副心事重重的樣子，我想上前安慰她，但是看那麼多人在，又不敢。

輪到我「話畫」的時候，我鼓起勇氣上去說了。「我的『未來世界』不是很久很久以後，而是在不久的將來。我希望不久的將來，能回到爸爸的茶園，幫爸爸採茶菁，到現在，我都還沒採過茶……」

「老師，不久的將來也算未來嗎？跟我們畫的飛碟國、海底城、月球屋差那麼多。」說這話的，是一個我叫不出名的男生。

「當然，明天就是未來，下一秒也是未來，秋香只是比較實際，畫出她的心願罷了。畫得很棒呢！顏色搭配得很豔麗，又很協調，感覺茶園裡很熱鬧，很好玩的樣子，如果改個更貼切的名字，比如說『採茶』，然後送去比賽，或許有希望得獎喔。」老師為我辯護。

「哦？」許多人露出懷疑的眼神，出乎意料的，曉良卻沒有發表意見。

老師又說：「畫裡面的女孩子還化妝呢！笑得好開心，好漂亮喔！」

我高高興興的回到座位，這才注意到曉良今天似乎特別乖巧，十分專注的為大家沖泡鐵觀音，別人話畫時，他都安靜聽講，只有偶爾點個頭，請別人品嚐他奉上的茶湯。

我低頭往下看，發現他竟然是跪坐著的。

結束時，我想留下來找老師聊天，她卻說：「秋香，很抱歉，今天不行喔！待會兒老師還有事，不能陪妳了，改天吧！」

我有些失望的整理好書包，一會兒之後卻又雀躍起來，因為這是有史以來第一次，我的畫受到這麼大的肯定。

跨出畫室之後，我仍然陶醉在老師的讚美聲中，腳步變得輕快無比。

就在巷子口的轉彎前，我又不自覺的回頭望望畫室，想不到，那個男人的背影又出現在門口。

聖誕節前幾天，「玉梅畫室」前開出許多雪白的梅花，襯著古樸的日式房屋，顯得十分脫俗典雅，溫老師讓我們到院子裡寫生，還說等下一個禮拜六，梅山公園的梅花開得更多了，再帶我們去那裡畫畫。

可惜等不到那一天，星期五的中午，爸爸就開著小貨車來接我了。

看到爸爸，我雖然很高興，可是，卻有些捨不得離開，尤其可惜的是，爸爸匆匆來，匆匆走，我還來不及跟溫老師告別，就離開梅山了。

沿途路經梅山公園，我從車窗中看見了一片白茫茫的花海，溫老師沒騙我，刺骨的寒風中，雪白的花兒顯得好淒美……

「家父趕在元旦前接我回家，其實是別具意義的，因為他想信守承諾，帶我一起迎接千禧年的第一道曙光，雖然只有我和他，雖然沒有去台東，我們爬上凍頂山，迎接公元兩千年的晨曦……」停了一下，我又說：「我永遠記得家父在看見日出時，激動的說：『秋香，雖然這裡的曙光來得比別的地方晚一些，可是，還是一樣的光明燦爛。』」

「唉！九二一集集大地震，南投受損最嚴重，尤其我們這些山區，搶救更加困難。十年了，好不容易重建好了，就連我們這兒國際聞名的觀光勝地，也是一直到這幾年才恢復往日的盛況啊！大自然的力量真是不容忽視的……」江場長搖了搖頭，又說：「對了，後來妳還有跟玉梅聯絡嗎？……哦，我是說溫老師。」

「沒有了，我回到秀峰國小，忙著重新適應新教室，新環境，唉！自己的家鄉，地動天搖後，變得好陌生啊！接連來了好幾個輔導團體，許多愛心義工帶我們作遊戲，來來去去的，我一個也不記得了，只有溫老師，我常常想念她，那一幅『母雞帶小雞』裱了框，就掛在我的房間呢！這十年來，只要一覺得孤單寂寞或是灰心難過，我就看著那一幅畫，想著溫老師和她的『寒煙壺』，慢慢的，心情就開朗了。」

想了一會兒，我又說：「曉良繼續學畫，聽他說過了一年，溫老師就離開台灣，到巴黎學畫去了，從此再也沒聯絡了。您可能想不到，曉良後來居然考上了藝術學院，專攻國畫呢！他們家後來開了一間規模宏大的茶藝館，現在裡面掛滿他的作品，又是山水，又是花鳥的，和小時候完全不一樣，我就打算以他們家的茶藝館，做為外縣市促銷會的第一站。」

「哦！真的？」

「只是，我一直不曉得，溫老師和她的男朋友到底怎麼樣了，那個時候問她，她都笑笑的不回答。」

場長倒掉我面前的茶，重新斟上一杯，說：「林小姐，茶都冷了。」

「嗯？」我喝了一口就皺起眉頭，感覺味道不對，不是包種茶。

「哈，妳剛剛說得太投入了，沒注意到我換了茶葉了。」

「嗯……白毫烏龍，東方美人，對不對？」

「呀！」

「場長，我和溫老師的故事說完了，不知道您願不願意……把這只『寒煙壺』……」我還是不太好意思。

他低下頭來，想了一會兒才抬起來，委婉的說：「聽了妳的故事，我非常感動，只不過很抱歉，這只壺也是我最寶貴的東西，我實在不能賣給妳，如果妳想再看它，只要一通電話，我隨時歡迎妳來，好嗎？」

既然場長這麼說，我也不好意思再強求了，只好道了謝，又說了幾句客套話，就起身告辭了。

我緩緩的步行到日月潭邊，望著迷茫的煙波，心情格外沉重。難過的不只是買不到「寒煙壺」，而是原本另外抱著一絲希望，寄望藉此探聽到一些溫老師的訊息，想不到兩頭都落空了。算一算，她不過才三十歲出頭，就與世長辭了，唉！太年輕了，老天爺為何總是如此這般？

我拾起一顆石頭，用力朝湖心扔去。

「咚——」的一聲，平靜的湖面，激起了陣陣的漣漪……

13 意外的禮物

元宵節那一天，我換上喜氣洋洋的，大紅彩鳳琵琶盤扣改良式旗袍，挽起蓮花髻，脂粉不施的，跪坐在表演桌後面。

為了展現凍頂烏龍茶的香氣，一絲一毫的化妝品香味都是不容許的。

身後一幅兩人高的「百花競豔圖」，描繪著豔麗奔放的牡丹、芍藥、朱槿、木棉、雀菊……，各色花朵，不用說，正是曉良的膠彩作品。當初選定這一間三十坪的「西花廳」，也是他的主意，為的是在正月裡，大家都喜歡花團錦簇，熱熱鬧鬧的，若是換了「風荷亭」、「垂楊齋」或是「翠竹軒」，雖然古典雅致，卻嫌冷清了些。

我調勻了呼吸，取出木盒裡的「香妃壺」，配合〈香飄水雲間〉這首樂曲，按著茶藝的步驟，一一輕柔的操作。

泡好的茶湯盛在聞香杯裡，由曉良托在大盤中，依序送到來客的飲茶杯旁。

清雅的烏龍茶香瀰漫了整座茶藝館，客人們的臉上，陸續綻放出春天一般的笑容。

不出我所料，經過大力宣傳，來參加產品促銷會的人非常多，歡樂的正月裡，每個人都拿著印有「茶鄉——鹿谷名產」字樣，四兩重的凍頂烏龍茶葉包贈品，心滿意足的笑著，不少人買得更多。

姑姑家的茶藝館是嘉義地區規模最大的，假山水池，亭台樓閣，虛實掩映的佔了三百坪，沒有服務生帶路，還會迷路呢！這裡的客人本來就不少，現在看來，更證實我選對了地方。當初找姑丈和姑姑商量，他們一口就答應了，而且曉良也自願來幫忙，讓我再次感受到他們的盛情。

過了下午四點，客人漸漸少了，我掏出葉底，準備收拾。

「林小姐不但好茶藝，連泡茶的動作，都像是彈奏古琴一般的優雅。」

耳邊忽然傳來熟悉的聲音，抬起頭來，我愣了一下。

「呀！江場長，您怎麼也來了？大老遠的。」我好驚訝。

「哈！我問陳總幹事的，剛好我今天早上在阿里山分場開會。」

江場長坐下來，笑著說：「人家說你們鹿谷農會帶著『凍頂烏龍茶』，到嘉義向『阿里山高山茶』踢館。」

「喔！沒那麼嚴重，實在是受到大地震的影響，茶農這幾年的收益都不太好，您也知道的。」看著他，我又說：「場長還沒喝到茶吧！我為您泡一壺。」

我沖洗香妃壺，準備重泡。

「等一下！」他揮手，打開皮箱，拿出一個紙盒子。「用這一只壺。」

那盒子似曾相識，他打開來，果然是「寒煙壺」。

「這是……」我感到奇怪。

「林小姐，其實我今天是特地來送茶壺的，這只『寒煙壺』送給妳。」

「這……」我呆住了。「您不是不賣的嗎？」

「是，只送不賣。我考慮了很久，這只壺還是待在妳身邊比較適合。」

「不行，場長，雖然『寒煙壺』對我別具意義，但是我不能白拿您的東西，如果您不肯賣，我可以用『香妃壺』跟您換，只怕您看不上眼。」

「不是這個問題，我是真心誠意要送妳的。」他搖頭。

「這又是為什麼呢？」我真的想不透。「如果要我接受，也必須請您說清楚，無功不受祿哇！」

他看著「寒煙壺」，撫摸了半晌，才勉強一笑，說：「妳看見的那個男人，就是我。」

「什麼？」場長沒頭沒腦的來這麼一句話，叫人更迷糊了。

「就是妳在玉梅那裡看見的男人，其實就是我。」

「哦？」我回想起那個男人的背影。「您是溫老師的男朋友？」

「嗯！曾經。」

我簡直不敢相信我的耳朵。「這……怎麼？那……你們後來……」

「後來，我們分手了，我選擇了另一個女人。」

「為什麼？溫老師不好嗎？」

「不，不是。唉！說來話長。」他靠在桌邊說：「早在認識玉梅之前，我就已經有一位論及婚嫁的女朋友。」

「……」場長看我一眼，我卻不知如何回應。

「可是，當我在一個壺藝展覽會遇見玉梅時，又深深的被她不凡的氣質所吸引，我知道這樣是不對的，可是卻忍不住追求她，尤其在得知她的身世之後，那種愛慕，又加重了崇敬與憐惜……」

「怎麼說呢？」

「她和妳一樣，都是地震的受害者，她家原本是嘉義市一家大餐廳，一個五級的地震引發了鍋裡的油火，父母親被火燒死了……」

「哦！她沒有提到地震……」

「她和妳一樣，從小被親戚收養，不同的是，她的伯母對她並不好，除了要做很多家事，伯母還常常背著伯父，對她冷言冷語，罵她賠錢貨、掃把星，連累了他們家，可是，她全都忍下來了。」他抬起頭來。「考上台北的藝術學院之後，她又半工半讀，甚至存錢寄回梅山，償還養育之恩，這是我最佩服她的地方。」

「那麼這把『寒煙壺』……」

「是我送她的。有一回我路經水里，看到了這只壺，想到她喜歡收集，覺得跟她很相配，就買下送她，直到她要上飛機到巴黎，我趕去見她，她又退還給我。我真的是傷了她太深了，她情願拋下一切，連一點點跟我有關的東西，她都不想再看到……」場長說著，不住的眨著眼睛。「她的個性愛恨分明，追求完美，分手是她提出的，當知道我原有另一個女友時，她不願傷害別人，寧願忍下來，自己承受。唉！她總是這樣……」

「場長夫人知道這件事嗎？」

「場長夫人？我還沒結婚呢！」場長微笑。

「咦？您不是選了另一個嗎？」

「是啊！可是，就在訂婚後不久，她在一場車禍中喪生了。唉！我這一輩子，虧欠她們兩位最多，又無法償還，消沉了一陣子之後，哈！從此打消結婚的念頭，真是，不想再背負感情債了。」場長勉強一笑。

「啊！其實不需要這樣嘛……」看著他雙鬢灰白的髮絲，我低聲回應。

想不到溫老師和江場長有這麼一段不堪回首的往事，難怪那時候溫老師常常失魂落魄的，聽著傷心的歌，一遍又一遍，直到痛哭。她對人那麼好，卻嚐盡人間冷暖，老天爺實在對她太不公平了。

原本高昂的情緒，在聽了這些之後，頓時轉為低迴，我看著「寒煙壺」，忍不住也嘆了氣。

「這只壺，為什麼又要送我，應該是您最好的紀念品哪！」我不懂。

「那一天妳走了之後，我想了很久，與其和這些塵封已久的往事，冰凍在我的回憶裡，不如將它交給妳，全國茶藝技師的茶藝推廣員，帶著它到各處散播芬芳，相信玉梅如果知道了，一定會很高興的，就請妳答應吧！」場長把茶壺推到我面前，又說：「林小姐，請妳用它，為我泡一壺茶，好嗎？」

一觸摸到「寒煙壺」千瘡百孔的表皮，我的心裡泛出了微微的酸疼。

我輕輕打開壺蓋，沖入開水，蓋上蓋子後，又在壺身上均勻的淋上滾水，剎時，白煙裊裊升起，瀰漫在我倆之間，場長的臉消失在迷霧之中……

我彷彿又看到溫老師坐在我身邊，慈祥的教我如何泡茶。她總是

肯定我，讚美我，鼓勵我，她壓抑自己的不幸與憂愁，用笑容消除我的不安與恐懼，用慈愛的關懷，幫一顆封閉緊鎖的心，卸下武裝與枷鎖，如果沒有她，我不知要在水深火熱中煎熬多久，才得以解脫。

奉上第一杯茶，我和場長無言相對，空氣中流轉的音樂顯得格外清晰。

原來，服務生換了音樂，是一首老歌。

……

我的真愛像茶葉
捲得密密不透氣
你的深情像滾水

沖出我的人生好滋味
一葉一葉勻勻的漸漸開
清香透入人心脾

嗯！這不正是溫老師最喜愛的〈花開不對時〉嗎？

是啊！茫茫白煙之中，我的心是一顆緊縮而堅硬的小茶葉珠子，是溫老師為我沖入了開水，讓我安穩的沉浸在其中，慢慢的吸吮溫情，輕柔的舒展開來，散發出生命的芳香，是溫老師的愛，引領我成為一位散播芬芳的使者，是溫老師的愛……。

「嗯，入口香醇，回味清甘，果然是好茶……林小姐，妳自己怎麼不喝呢？」場長問。

我一眨眼，一顆淚珠子滑落臉頰，正巧落在茶湯上，杯子裡水花盪漾。

「啊……」

我將這一杯茶傾倒在壺身上。含淚的茶湯化為一縷縷淡煙，輕盈的向上游移，沒入天際……

又見寒煙壺

國家圖書館出版品預行編目（CIP）資料

又見寒煙壺 / 鄭宗弦著 ; 吳嘉鴻圖 . – 增訂新版 . --
臺北市 : 九歌出版社有限公司 , 2021.12
面 ; 公分 . -- (鄭宗弦作品集 ; 6)
ISBN 978-986-450-377-3(平裝)
863.596 110018225

作　　者——鄭宗弦
繪　　者——吳嘉鴻
責任編輯——鍾欣純
創 辦 人——蔡文甫
發 行 人——蔡澤玉
出　　版——九歌出版社有限公司
臺北市 105 八德路 3 段 12 巷 57 弄 40 號
電話／02-25776564・傳真／02-25789205
郵政劃撥／0112295-1

九歌文學網　www.chiuko.com.tw

印　　刷——晨捷印製股份有限公司
法律顧問——龍躍天律師 ・ 蕭雄淋律師 ・ 董安丹律師
初　　版——2001 年 1 月
增訂新版——2021 年 12 月
定　　價——280 元
書　　號——0175006
I S B N——978-986-450-377-3

（缺頁、破損或裝訂錯誤，請寄回本公司更換）
版權所有 ・ 翻印必究　　Printed in Taiwan